혜초일기

慧超日記

박진숙 시집

문학세계사

금강경에 부쳐

나는
태어나지도 않았고
살지도 않았다
따라서 죽는다는 것도 없다
그럼에도 불구하고
나는
태어나서
살았으며
그리고 죽는다

慧超日記

박진숙 시집 | 차례

서시 —— 9

출발의 노래 혜초일기 1 —— 10

귓전의 어머니 말씀 혜초일기 2 —— 11

떠난다는 것 혜초일기 3 —— 12

뱃길 혜초일기 4 —— 13

비를 뿌리려거든 혜초일기 5 —— 14

스무 살 혜초일기 6 —— 15

더러운 것도 깨끗한 것도 없다 혜초일기 7 —— 16

눈동자의 깊이 혜초일기 8 —— 17

늙은 가지 혜초일기 9 —— 18

아니다 혜초일기 10 —— 19

춘다, 시일야방성대곡 혜초일기 11 —— 20

삭도의 맹세 혜초일기 12 —— 21

발우 그림자 혜초일기 13 —— 22

시봉 혜초일기 14 —— 24

구시나가라의 등불 혜초일기 15 —— 25

갠지스 혜초일기 16 —— 27

뼈구슬 혜초일기 17 —— 28

한 드라비다인의 주검 혜초일기 18 ——— 29

항하의 죽비 혜초일기 19 ——— 31

그의 이름 혜초일기 20 ——— 32

프리가다바의 부처 혜초일기 21 ——— 33

잔나비떼 혜초일기 22 ——— 35

영취산가 혜초일기 23 ——— 36

대나무숲 동산 혜초일기 24 ——— 37

검불의 길 혜초일기 25 ——— 39

지평선 혜초일기 26 ——— 40

누가 살고 있나 혜초일기 27 ——— 41

소나무같이 혜초일기 28 ——— 42

마가다의 법륜 혜초일기 29 ——— 43

수자타가 가진 세상 혜초일기 30 ——— 44

내력 혜초일기 31 ——— 45

말하는 달 혜초일기 32 ——— 47

연꽃의 시간 혜초일기 33 ——— 48

코끼리 구백 마리 혜초일기 34 ——— 50

스승의 사원 혜초일기 35 ——— 51

제자의 사원 혜초일기 36 ——— 53

끊어진 길 혜초일기 37 ——— 54

아버지의 노래 혜초일기 38 ——— 55

야소다라의 편지 혜초일기 39 ——— 57

야소다라의 양식 혜초일기 40 ——— 59

야소다라의 마지막 편지 혜초일기 41 ——— 60

불타는 장작나무의 노래 혜초일기 42 ——— 61

세상에서 제일 슬픈 편지 혜초일기 43 ——— 63

마하프라자파티의 청원 혜초일기 44 —— 64

아소카 왕의 석주 혜초일기 45 —— 66

자타카 혜초일기 46 —— 67

태양을 재촉하다 혜초일기 47 —— 68

나무의 신화 혜초일기 48 —— 70

마야의 노래 혜초일기 49 —— 72

어머니 혜초일기 50 —— 73

무소식 혜초일기 51 —— 75

아기 붓다 혜초일기 52 —— 76

완벽한 입 혜초일기 53 —— 77

아기 코끼리 혜초일기 54 —— 78

맨발 혜초일기 55 —— 79

눈부처 혜초일기 56 —— 80

빈 바리때 혜초일기 57 —— 81

걷는 기쁨 혜초일기 58 —— 82

힌두의 셈 혜초일기 59 —— 83

용수의 허물어진 절 혜초일기 60 —— 84

불퇴전 1 혜초일기 61 —— 85

불퇴전 2 혜초일기 62 —— 87

사바의 염불 혜초일기 63 —— 88

만다라 혜초일기 64 —— 90

독경 혜초일기 65 —— 91

비루한 동정 혜초일기 66 —— 92

무위의 법 혜초일기 67 —— 93

설산 혜초일기 68 —— 94

병사의 詩 혜초일기 69 —— 95

꽃 한 송이의 빛 혜초일기 70 —— 96

몽둥이 혜초일기 71 —— 97

다마사바나寺의 범종 혜초일기 72 —— 98

이빨 혜초일기 73 —— 99

한 중국인 승려의 죽음에 부쳐 혜초일기 74 —— 100

합장 혜초일기 75 —— 101

한 늙은이의 시주 혜초일기 76 —— 102

낙타를 탄 낙타 혜초일기 77 —— 103

귀 혜초일기 78 —— 104

양젖을 마시며 혜초일기 79 —— 105

백정의 노래 혜초일기 80 —— 106

헌화가 혜초일기 81 —— 107

강가의 점심 혜초일기 82 —— 109

수레 이야기 혜초일기 83 —— 110

노래하는 비둘기 혜초일기 84 —— 111

야차의 실력 혜초일기 85 —— 112

구름이 가는 길 혜초일기 86 —— 113

울금향 혜초일기 87 —— 114

공양받는 머리카락 혜초일기 88 —— 115

부처가 언제 승단의 것이었던가 혜초일기 89 —— 116

사는 힘 혜초일기 90 —— 117

어린아이처럼 혜초일기 91 —— 118

그대는 어디가 아픈가 혜초일기 92 —— 119

페르시아의 형식 혜초일기 93 —— 120

늙은 장사꾼의 노래 혜초일기 94 —— 121

龍門 혜초일기 95 —— 123

은혜 혜초일기 96 ——— 124

아귀도 혜초일기 97 ——— 125

쉬지 않았다 혜초일기 98 ——— 126

살아야 하는 이유 혜초일기 99 ——— 128

어떻게 변명할 것인가 혜초일기 100 ——— 129

옴마니 반메훔 혜초일기 101 ——— 130

거름 혜초일기 102 ——— 131

기별 혜초일기 103 ——— 132

쿠마라지바의 사리 혜초일기 104 ——— 133

닫힌 입 혜초일기 105 ——— 135

대운사의 아궁이 혜초일기 106 ——— 136

난타의 등불 혜초일기 107 ——— 137

□ 박진숙의 시세계 | 이남호

금강경에 기댄 삶의 노래 ——— 139

序詩

그 끝없는 벼랑 위의
길

파도치는 바다의
새벽 속으로
열렸다, 닫혔다,

천 길 허공이구나
꽃 한 송이 피고 지는 동안이구나

출발의 노래
—— 혜초일기 1 배를 기다리며

존재의 가장 깊은 곳에서
영혼의 은빛 꼭대기를 향해
뱃속을 가르고 가슴을 찢으며 솟구치는
전율

귓전의 어머님 말씀
―― 혜초일기 2 어머니의 노래

네게로 가서
네 튼튼한 심장이 뛰는 소리를 듣지 못하고
네 씩씩한 허파의
들고나는 숨소리도 듣지 못하고
네 몸 속을 구석구석 흐르는 생명의 섬세한
시냇물 소리도 더 이상 들을 수 없는,
생이별이구나
얘야, 잊지 말아라
너는 내 모든 것이라는 걸
내가 너를 사랑하는 것이
그저 사랑하는 것이 아니라
무한 사랑의 존재라는 걸
어느 곳에 있든 어느 길 위에 있든
네가 바로 나라는 걸
잊지 말아라
얘야, 네가 바로 부처라는 걸

떠난다는 것
── 혜초일기 3 아무것도 아닌 그 무엇이

너무나 사랑하기 때문에
나는 아무것도 아닌 것에서 어머니 뱃속으로 떠나와서
잠시 어머니의 자식이 되었다가
너무나 사랑하기 때문에
나는 어머니의 자식에서 부처의 뱃속으로 떠나와서
부처의 자식이 되었는데
너무나 사랑하기 때문에
나는 부처의 자식에서 이 세상의 뱃속으로
이 세상의 가장 어린 자식이 되기 위해 떠난다
아무것도 아닌 것이
우리가 알 수 없는 인연의 수레바퀴를 돌리는
아무것도 아닌 그것이 나를 너무나 사랑하기 때문에

뱃길
―― 혜초일기 4 천축으로

무진장한 잠이다
바다는 어느새 광주廣州의 하늘을 지우고
세상은 나의 잠 속에 들어와 있다
아무것도 볼 수 없고
아무것도 들을 수 없는데
어디서 밝은 빛의 아리따운 향기가
바다를 지우고
감은 나의 눈꺼풀 위에 내린다
태중에 들었음이 이와 같으랴
꿈도 없이 든 잠의 뱃머리를 어루만지는
이 투명한 빛 안에서는
멀고 긴 여로의 첫밤이
희열하는 태중의 따뜻한 물 속 같으니

비를 뿌리려거든
―― 혜초일기 5 첫걸음

언젠가는 빗속에 홀로 있을 줄 압니다
벼락이 치는데 지붕도 없이 벌판에서 밤을 새고
넘치는 물에 휩쓸려 가뭇없이 사라질 것을
저보다 제 육신이 먼저 압니다
신이여 비를 뿌리려거든 비를 뿌리소서*
제 발길의 허무를 알고 가는 자에게는
먹구름이 반가운 도반, 장대비는 그 기쁨입니다
제 귀를 울어주는 뇌성이야말로 경전입니다
대륙에 닿는 첫발이 어린아이의 걸음마 같은 이때
신이여 비를 뿌리려거든 지금 뿌리소서

*『수타니파아타』사품, 「소치는 다니야」편의 후렴구.
 법정 옮김, 정음사

스무 살
— 혜초일기 6 나체의 나라

무거운 의상을 벗어버리고
맨발로 흙을 밟는 열락이 수미산에 닿겠다
벌거벗은 사람들아
내 나이는 보리 이삭 패는
향기로운 스무 살
묵은 허물을 벗으니 간결하기가 그대들 같아
햇볕 속에 서서 바람에 나부끼는
몸뚱이는 풀
마음은 나무
삼보를 모르고 재계를 몰라도
허물없는 사람들아 풀이고 나무인
천둥벌거숭이들아

더러운 것도 깨끗한 것도 없다
— 혜초일기 7 사람의 손

책장을 넘기던 손이 악기를 켜던 손이
밭을 갈고 빨래를 하던 손이
그리운 이를 만지던 손이
음식을 집어 입에 넣는다
홍문을 닦는다
입의 즐거움과 홍문의 즐거움은
한 몸의 일
들어가고 나오는 길을 가리지 않으니
입가에서나 홍문 가에서나
그 손톱에 낀 때가 웃는 초승달이다

눈동자의 깊이
—— 혜초일기 8 천축국 사람들의 눈

커다란, 참 이상한 눈
꼭 간이라도 꺼내 보여야 할 것 같은,
한번 마주치면 그들의 눈에서 눈을 뗄 수가 없다
마주칠수록 그 앞에서
바랑을 메고 있는 몸뚱이가 쭈뼛거려진다
작아진다, 내 지식의 알량함과
혈기가 황폐한 땅 위에서 물거품이 되는 것을
숨길 수가 없다
여기, 왜, 뭐 하러 왔수? 내게 길을 묻는
눈
쯧쯧 혀를 차는 눈
물 한 바가지 얻어 마셨을 뿐인데
당황한 내 속을 다 들여다보이며
한 달을 걸어오는 동안
나는 빈털터리가 되었다 태양 아래
더 이상 아는 것이 없었다

늙은 가지
— 혜초일기 9 구시나가라의 나무

부처님도 재가 되었다
천 년을 흐르며 빛나는 이라바티수가 안다
거친 숲과
거친 숲을 지키는 들소며 호랑이며 큰뱀도
안다
성자 아난다가 붙들고 울던 저 사라나무
늙은 가지가 그중 제일,
뜨겁게 뜨겁게 안다
흙에 이마를 대고
엎드리니
불佛
토土
장莊
엄嚴
아승기에 걸쳐 대지가 뿜어내는
생명의 냄새 우리 몸을 헹구어주는
서늘하고 푸른 향기
늙은 가지가 안다

18

아니다
─ 혜초일기 10 구시나가라의 한순간

구름이 본래의 형상이 있던가
비로 내리거나 눈으로 내리거나
떠도는 운행에 태생이 있고 소멸이
있던가
환장하게 두려운 것은
우리가 지금 이곳에서 영원히 살 것 같은
착각과
착각 속에서 깨어나는 경전의
이와같은 한순간이다
장작나무가 다 타서 재가 되었다 그 재가 장작나무인가?

춘다, 시일야방성대곡
—— 혜초일기 11 천축의 구전문학 『춘다의 공양 비망기』 전문

오늘 기어이 붓다가 세상을 떠났다.

단 한 번의 공양, 최고의 공양. 병든 붓다의 혀를 잠시 즐겁게 해줄 전대미문의 시주. 그 공양을 위해 호시탐탐, 잘 자라 곧 새끼를 밸 수 있는 암퇘지가 있는 곳이면 언제라도 어디라도 가서 구해놓았었다. 그것 다 버리고 그날 나는 내 집에서 태어나 이제 막 뽀얗게 살이 오른 새끼돼지를 잡았다. 이 인연은 필시 붓다와 나의 삼세의 연! 회심의 웃음까지 절로 났다. 잘 끓여서 알맞게 익은 전단나무버섯을 곁들였다. 단 한 번의 공양, 이런! 붓다의 목숨을 재촉한 독의 공양! 아버지,

천 년 만 년 살아줄 것 같던 우리 아버지!

길을 잃고 이제 이 춘다는 어떻게 살까.

삭도의 맹세
── 혜초일기 12 구시나가라에서

붓다가 인간이었다는 것이 얼마나 큰 위안인지
그도 죽었다는 것은
얼마나 큰 가르침인지
이 등불 아래 저도 모르게 새로 태어나 조용히 선 나는
불꽃을 꺼뜨리지 않기 위해 종신토록 헌신하고 번민하
리라

발우 그림자

—— 혜초일기 13 거친 숲에서

내 발에 채인 작은
유골
문득 지나온 거리 누추한 집 문전에서
탁발할 때 마주친 그 동자승 생각나네
눈이며 입이
크고도 선량해 뵈는 것이
살이 썩어 떨어져나갔는데도
똑같아
그 휑한 눈 속에 어린 빈 발우 그림자
그때 왜 내 발우에서
먹을 것을 덜어주지 못했는지
가닿지 못한 마음이
먼 바다에서 뭍으로 와 닿지 못하는 파도처럼 일렁여서
앞으로 나아갈 수 없네
물끄러미 우두커니 그 문 앞에 서서 나를 보던
눈,
그 검은 눈은

아무래도 전생의 선재동자, 그이
눈에 밟혀 앞으로 나아갈 수 없네

시봉
— 혜초일기 14 구시나가라의 열반상

무슨 생각으로 사람들은 돌부처를 만들었을까
붓다가 남긴 '아무 말도 하지 않았다' 는 그 말 때문에?
나는 붓다의 거대한 머리에서부터
이끼를 뜯어주고 흙먼지를 떨어내고 발치에 이르러
부처님은 깨끗해야지,
새끼발가락에 들러붙은 새똥을 뜯어낸다
햇살에 묻어나는 병든 아버지의 체취
눈에 선하다 나란히 놓인 핏기 없는 발
모든 죽음의 흔적은
가고 오지 않음과 정적과
푸른 하늘이 꼬옥 닮았다
베개는 제대로 고여졌을까
서둘러 붓다의 머리맡으로 가서 돌베개를 만져본다
붓다 앞에서라면
사람들은 저마다, 언제까지나,
막다른 기억을 마음놓고 슬퍼하는 것이다

구시나가라의 등불
— 혜초일기 15 한 선사의 소지분향

땅을 쓸고
향을 사르어
탑을 모시네
햇살은 선사의 한 줄기 무상게

향을 사르고
땅을 쓸어
탑을 지키네
밀림은 선사의 소소한 무상게

땅을 쓸고
향을 사르어
탑을 어르네
무소는 선사의 포효한 무상게

향을 사르고
땅을 쓸어

탑을 허무네
마음밭 목어가 저절로 우는데

땅을 쓸고
향을 사르어
탑과 하나 된
선사의 문門 안이 사무쳐 밝구나

갠지스

── 혜초일기 16 사람 사는 세상

강가에서
사람들이 세수를 하고 목을 축이고 빨래를 한다
시신을 태우고 혼례를 올리고 기도를 한다
아이들이 뛰고 개들이 어슬렁거리고 까마귀들은
버려진 주검으로 배를 채운다 잔칫집 같다
죽은 자와 여자는 꽃을 두르고 산 자와 남자는
꽃값을 치르지 삶이 죽음을 메고
죽음이 삶을 업고 있는
커다랗고 따스한 어머니 뱃속에서
사람들이 지치지도 않고 매일매일 똑같은
놀이를 한다 다른 세상으로 건너가기도 전에
윤회한다

뼈구슬
── 혜초일기 17 화장

죽으면 장작더미와 함께 활활 태운다
더도 덜도 아니게 꼭 차게
잘 타서 차갑게 식은 한 줌 재 되면
강물에 뿌려진다 불과
물의 축복이다
이 뒤에야 사리가 무슨 의미가 있나
죽은 사람에게나 산 사람에게
참말이지 무슨 소용이 있나
태워도 태워도 태워지지 않는
불에 타고도 남은,
생전에 온갖 허전한 마음의
화신일 밖에는, 우그러든 구슬일 밖에는

한 드라비다인의 주검
─── 혜초일기 18 항하

타다 남은 너의 뼈를
어느 것은 개가 물어가고
한 늙은이가 쓰레받기에 아무렇게나
쓸어담는다 쓰레받기 안에서
가족이 돌아가는 길을
무연히 바라보는 너의 빈 동공
그렇게 마지막 인사를 하는 동안
내내 흔들리던 이승길이 아주 끊기고
너는 쓰레기로 항하 기슭에 버려졌는데
버려진 너는
천천히 항하에 섞여서 항하와 하나가 되어
마침내 뜨거운 태양 아래 유유히 흘러간다
항하는
품은 것은 무엇이든지
더러움과 욕됨과 아픔은 저가 갖고
품은 것에게는 영원히 평등한 피안을 준다
네가 가닿은 그곳에서

밀려와 버들잎처럼 발목을 간질이는 이 물살,
순하디순한 너의 안부

항하의 죽비
── 혜초일기 19 고행승

흐르는 물을 따라가다가 물길에 지쳤을 때
저만큼, 깃털이 다 빠진 커다란 새를 보았다
외다리로 서서 고개를 무릎에 박고
꼼짝도 않는
새는 죽어서도 눕지 않는가

가까이 가보니 말로만 듣던 그
요기,
벼락이다!

앙상한 다리와 팔이 허공에서
물길을 멈추고 시간을 멈추어 한순간 폭발하는
정지의 세계 고요한 굉음

그의 이름
— 혜초일기 20 바라나시에서

화상이 걸어온다
나는 걸어간다
스치는 찰나
묻어온 풍진과 법진의
숨결과 내음
내 몸이 저절로 뒤돌아서진다
멀고도 먼 구도의 험한 역정에
스며 있는 깜깜한 밤과 별의 의지까지도
느껴진다
태생을 알겠다
그의 이름은 고타마 싯다르타
봐, 등이 굽었어
봐, 뒤도 안 돌아보는

내게 붓다의 이름을 남기고 가는 이름없는 자여

므리가다바의 부처
── 혜초일기 21 녹야원 전법륜상

아래로 내려뜬 눈의 앳된 눈매는
내 가슴을 찢고
맑고 온화한 얼굴에 있는 듯 없는 듯
미소는 내 영혼을 가른다
지나온 길을 단숨에 무찌르는 저 황홀한
이마의 빛, 빛, 빛

진언은 달마카크라의 아름다운 사자상의
귀를 돌아 하늘로나 날아가라!
법륜은 향기 없는 부겐빌레아 진홍빛에
취해 구르기를 멈추었으니
아무것도 묻지 말라 구하지 말라
므리가다바의 벌거벗은 땅 위에서라면

죽음이래도 좋았다
이 만남 위에서라면
온 세상을 깊고 깊은 바다 속으로 가라앉히는

황폐한 고요의 빛 가운데
기쁨과 고통이 하나를 이루는
이 꿈은 당신이 나인가

잔나비떼
— 혜초일기 22 길 위에서

길에서 내려와
잠시 주저앉는다
참 좋다
내려오는 것이 어떤 것인지 안다는 듯
나무에서 내려와 고개를 끄덕이는
잔나비떼
그중 어린것을 밴 어미가 손을 내민다
바랑 속에 든 한 줌 보릿가루
나누어줄 때
내 몫으로 남긴 반 줌 보릿가루
일어나 돌아서는데
배고픈 눈길에 등이 시리다
길 위에서 내려오는 것은
참으로 길 위에 서는 것
거두어지지 않은 내민 손 위에
반 줌 보릿가루 다 내어줄 때
그 눈에 장명등을 켠 잔나비떼
길 아래 보살들

영취산가
—— 혜초일기 23 영산을 오르며

부처님 뵈러 가자 부처님 뵈러 가자
뜨거운 햇볕에 뼈와 살을 씻으며
맨발로 끝없는 사바의 돌계단을 올라서
산상山上에 이르면 만다라에 가까이 더욱 가까이
영육에 묻은 법진을 떨어보자 마가다의 비구들아
한 걸음 한 걸음 딛는 발은 사자같이
솟는 힘으론 한세상을 건지되 가는 길은 빈손이게
큰 슬픔의 환희를 따라 꿈 같은 영산의
부처님 뵈러 가자 부처님 뵈러 가자

대나무숲 동산
—— 혜초일기 24 죽림정사의 門

누가 나를 깨운다 거리를 걷는데
누가 나를 깨운다 한 끼니 공양을 하는데
누가 나를 깨운다 나무 그늘 밑 해우소에 앉았는데
왕사성 북문 밖
향기로운 띠풀의 길 위, 대나무숲 동산에서
나마스테 나마스테
나를 부른다
새소리인 듯 바람소리인 듯 물소리인 듯
내 귀를 깨치고 내 살을 깨치며
내 안으로 누가 들어선다 그의
안에서 나도 모르는 내가 일어선다
내게서 이렇듯 커지는 사리불의 마음 목련의 마음
사바의 모든 사람들에게 전생 후생의
사문들에게 허공 무한 부처님에게
이 땅의
이름없는 들꽃들에게 벌레들에게
나마스테 나마스테

합장하노니
문門은 어디에나 있고
또 어디에도 없었다

검불의 길
— 혜초일기 25 나란타사를 지나가며

쿠마라굽타 1세가 세웠다는
승가 대학
금강지 선생님이 열심히 열심히 금강승을 닦은
학문의 전당, 오호
공부하는 승려와 학자가 동네 사람보다 많은
절!
이렇게 지나갑니다
한 입 던다고 생각하니
공空과 자비의 일치,
이렇게 가볍게 지나갑니다

지평선

—— 혜초일기 26 부다가야의 노을

문門을 여는 일이라고 생각했었다 그렇게 배웠고 학습
했다
　문을 찾아서 나는 왔다 그리고 노을을 보았다
　문이 아니었다 열망도 절망도 일으키지 않는,
　태양이 날마다 되풀이하는 장엄한 삶과 죽음
　생겨난 것은 죽고 죽은 것은 다시 태어난다
　배우는 것도 학습할 것도 아니었다
　인정이 아닌 것이다 사람의 생각이 아닌 것이다
　이유도 결과도 없는 반복의 현존,
　흙과 하늘이 짓는 일
　나는 문도 없는 뒷간에서 토하고 드러눕는다

누가 살고 있나
── 혜초일기 27 부다가야의 밤

늦은 저녁 아이 우는 소리 들리네
부다가야에는 누가 살고 있나 궁금했는데
우는 아이와 쥐어박는 어머니와
시끄럽다고 소리치는 아버지와 달래는 할머니와
혀를 차는 할아버지가 먼 옛날 이야기처럼
살고 있었네
무엇으로 사나 궁금했는데
아이는 울음으로 제 몫의 어둠을 밝히고
어머니는 아이의 울음으로 제 등불을 켜서
바깥세상의 무서움에 허기가 져서 돌아온
지아비가 마음놓고 큰소리로 배를 불리게 해주네
역성드는 할매 자리, 나무라는 할배 자리
잘 맞추어진 조각보처럼
살고 있었네
부다가야에서는 어떻게들 살고 있나 궁금했는데

소나무같이
— 혜초일기 28 머나먼 구도

이빨이 무쇠 같은 사자가 되어
발톱이 철퇴 같은 독수리가 되어
필살의 지경에서 제 가슴을 가르며
절명의 노래를 부르고 싶은
허황한,
불꽃의,
아수라에 사로잡힌 스무 살 긴 밤

모든 것을 물리치며 새벽이 왔다
붉은 눈을 씻으니
꽃이 지듯 마음에 눈이 내린다
아랫도리가 실팍한 소나무같이
밤새 키가 자라서
이 아침 맨발로
먼 지평선을 건너다본다

마가다의 법륜

—— 혜초일기 29 실라디타 왕의 금동 법륜

살아서 다다를 수 없는 것이 길이지
살아서는 알 수 없는 것이 길이야
마가다 사람들이 시바를 섬기는 동안
오래 전에 죽은 실라디타 왕의
커다란 법륜이
부처를 메고 지옥을 건너가네

수자타가 가진 세상
— 혜초일기 30 천축의 구전문학 『수자타의 공양 일기』 전문

내 우유죽과 한줌 주먹밥으로
그이는 영원한 평화를 얻은 것 같다고 한다
그 공양으로
나는 세상을 다 가진 것 같은데
꿈만 같은데
건강하고 아름다운 암소 천 마리에게서 얻은
우유죽이니 그이의 감사는 암소들의 것
올해의 기름진 새 쌀로 지은 밥이니
그이의 깨달음은 저 들판의 것
어제 그토록 따사롭게 그이를 바라보고
잠시잠깐 지독히 행복했으므로
돌아와 고요히 쉬는데
황망하다
그이는 나무 아래서 생사를 고뇌한 사람이니
나무그릇에 밥을 담았더라면 더 좋았을 것을,
가슴이 미어진다

내력
── 혜초일기 31 마하보디寺에서

풀잎이었다가, 풀잎 뜯는
소였다가, 소의 살점 그득한
사자였다가, 썩은 사자 옆에 쑥쑥 자란
나무였다가 나무 열매 씨로 영글어
씨를 쪼아먹은 새였다가 그 새가 썩은
물이었다가 그 물 마신
한 남자의 배내에서 한 달
여인의 태 안에서 아홉 달
드디어 사람으로 태어났다 사내아이였다
가르치지 않는데도 머리가 자꾸 커지므로
스무 살 되던 해 숲으로 들여보냈다
사람이란 무엇인가
덧없이 긴 긴 날들을 그렇게 묻다가
백발이 성성한 어느 해 해질 무렵
살 한 점 없이 햇볕에 잘 말라
뼈채로 곱게 삭아내렸다 그 자리에
새로 돋는 가공할

떡잎

그로부터 오랜 후에 실론의 한 왕이 어쩐지 피가 당기어
그 자리에 마하보디사를 짓고……그로부터 또 한참 뒤에
한 사문이 마하보디사에서 풀잎의 노래를 듣는다……그
리고
그로부터 다시 오랜 뒤에 어느 시인이……

말하는 달
—— 혜초일기 32 부다가야의 달

있는 그대로
있었던 그대로를 비추니 홀연히 야자수 그림자가
내 얼굴에 어른거리어
세상 모든 어머니의 염려와 부처의 염려가
이 나무 그림자였음을,
듣는다
눈으로 말하는 것은
어머니와 부처뿐인 줄 알았다
이 마음 그림자까지 지우는데
쓸쓸하고 또 쓸쓸하다
달아

연꽃의 시간
—— 혜초일기 33 곡녀성에서

벗고 있는 자에게
너는 왜 옷을 입지 않았느냐고
물을 수는 없다
그저 가릴 데만 가린 남녀노소가
유채꽃밭 속에서 아스라이 해우를 하는
동틀녘 쿠시마푸라에서
오늘 나는 당신들의
살과 뼈의 구린내 나는 향기를 맡는다
가난한 이에게는 가난한 행복이
새처럼 자유롭고
부자에게는 부유한 향락이 코끼리떼만큼
무겁다고
내 눈이 더 이상 그렇게 말하지 않을 때
홀연 둥지를 틀듯
꽃밭 속에서 뒤를 보는 사람들
피곤한 행로를 접고 나도 앉는다
구름자리보다 가벼운

똥,
터질 듯 터질 듯 그리운 침묵, 연꽃의
시간

코끼리 구백 마리

—— 혜초일기 34 중천축, 왕은 결코 알지 못한다

백성은 어디에 살든 땅을 일군다
먹고 사는 일은 백성의 일이다
왕은 어디에 살든 땅을 먹고 산다
왕의 군대 코끼리 구백 마리의
눈 없는 발은
백성이 누구인지 모른다 왕도 백성이 누구인지
모른다 전쟁은 왕의 일인데 왕은
전쟁이 무엇인지 모른다 코끼리 구백 마리가
무엇을 먹고 싸우는지 누구를 짓밟는지
결코 알지 못한다
왕은 코끼리 구백 마리가 없으면 아무 것도 아니다
백성은 코끼리 구백 마리가 없으면 사람이다

스승의 사원
── 혜초일기 35 기원정사에서

수다원이 나는 수다원이 되었다고
말할 수 있겠는가
── 아닙니다 그 이름은 들어간다는 뜻이지만 실은
　　들어간 바 없기 때문입니다
사다함이 나는 사다함이 되었다고
말할 수 있겠는가
──아닙니다 그 이름은 갔다 온다는 뜻이지만 실은
　　한 번도 갔다 온 바 없기 때문입니다
아나함이 나는 아나함이 되었다고
말할 수 있겠는가
──아닙니다 아나함은 다시 오지 않는다는 뜻이지만
　　실은 오지 않음조차 없기 때문입니다*

아니라고 도리질하는 수보리의 머리 위
멀고도 가까운 세상 바깥에 앉아서
스승은 연민의 실눈을 뜨고
귀를 모으는 사문들을 바라보았을,

갓난 짐승을 품어주듯
앓는 아이의 이마를 짚어주듯
능단금강을 풀어나가는 그날들이
뜻 모를 노래처럼 서려 있는,
이 사원이 사헤트의 먼 지평선이 모래가 되도록
간직한 것은
거리의 저 헐벗은 사람들,
들어감과 갔다옴과 다시 오지 않음이 없음조차도
벗어버린 이 땅의 천민들입니다
스승이여

　＊『금강경』 제9분절. 일상무상분一相無相分. 김종오 주해,
　　정음사

제자의 사원
── 혜초일기 36 기원정사에서

한밤중 잠이 깨어
헤매인 끝에 사방을 휘둘러보니
법法도 아니고 승僧도 아니고 속俗도 아닌
마음이 끝 간 데 없이 캄캄한
어둠 속
그 문門을 열고
푸른 대기의 호흡이 쓸쓸한
공空 속으로 팔을 내미니
두려워 말고 앞으로 나아가라던
바로 그 자리,
스승의 자리
제자는 새벽을 기다리지 않는다
스승을 죽이고
새벽을 찾아갈 뿐이다

끊어진 길
— 혜초일기 37 비야리성의 독수리

유마경을 읽는데
끝 간 데 없는 평원 위로
독수리가 날아올랐다
나는 평생을 바쳐도 다다를 수 없는
허공의 깊이에서 활강하는
자유자재를,
그의 말씀을
노래할 수 있는 노래는 없다
무한한 정적이 화답인 양 덮쳐왔다
나는 죽었다
마음으로부터 독사처럼 뻗친 길이
확
끊겨나가면서

아버지의 노래
— 혜초일기 38 천축의 구전문학 『숫도다나 왕의 일기』 중에서

잠든 체 눈 감은 네 얼굴을
노려보다가
그냥 돌아선다
허무하구나 홀로 애태우고 체념하고
하루에도 수십 번 마음을 뒤집다가
마침내 그냥 돌아선다
왕국의 종말은,
너의 길은,
내 눈에도 확연한 신의 계시
오늘밤은 그 예정된 떠남의 시간
네가 없다면
나는 죽은 목숨이지
네 목소리의 미미한 변화에도 눈치를 본 것은
내가 아니라 너에게 준 내 피였으므로
가라,
그토록 다정하고 용감한 마음으로
인생을 탐구하고

진리를 찾아
애비도 구해다오, 미련 가득한 이 왕국의
초열지옥에서

야소다라의 편지

— 혜초일기 39 천축의 구전문학
『고타마 싯다르타에게 쓴 야소다라의 편지』

내가 그대에게 내 외로움을
말하지 않은 것은
그 외로움의 바닥없는 깊이가 그대를 질식시킬까
두려워서였습니다

내가 그대에게 내 삶의 고단함을
말하지 않은 것은
그 고단함의 무게가 그대를 힘들게 할까
걱정스러웠기 때문입니다

내가 그대에게 내 그리움의 고통을
호소하지 않은 것은
그 고통의 가시가 그대를 천리 만리
나로부터 떼어놓을까 겁나서였습니다

내가 그대에게 내 안의
절망과 어둠과 외골수의 집착하는 피를

그대로 보여주지 않은 것은
그대가 놀라 달아날까 무서웠기 때문입니다

그대는 숲으로 가고
지옥으로부터 나는 깨어나는 중입니다
허전한 텅 빈 마음으로
돌아가는 중입니다

야소다라의 양식
— 혜초일기 40 천축의 구전문학 『야소다라의 일기』 중에서

라후라를 가졌을 때
내 귀는 지상에 없는 노래를 듣고
내 눈은 설산의 꿈을 꾸었네

라후라를 낳은 뒤로
내 팔은 유난히 긴 심지, 내 가슴은
날마다 쉬임없이 자라나는 등불이었네

라후라가 자꾸 숲 쪽으로 숲 쪽으로 눈길을 줄 때
아아, 내 발은 바닥없는 허공을 디딘 채
둘 데 없는 두 손이 등불을 끌 준비를 하였네

라후라도 숲으로 가고
내 양식은 아들을 생각하고 또 생각하는 것
기억하고 사랑하는 것뿐이네

야소다라의 마지막 편지

— 혜초일기 41 천축의 구전문학 『라후라에게 쓴 야소다라의 편지』

너를 숲으로부터 되찾을 수 있는
방패와 창이 되고 싶었다
방패를 어디에 쓸지
창은 또 어디다 쓸지
그것조차 미처 챙기지 못한 채
어제까지도 내 뼈는 소리치고
내 피는 솟구쳤다
라후라, 나의 아들
오늘 나는 이 뼈와 피의 뇌옥에서 걸어나와
네가 걸어들어간 숲을 넘나드는
세상의 처음인 듯한 아침
햇살을 보았다
그래, 너를 낳은 것은 내가 아니라 빛이었으니
비로소 밥 한술을 뜨고
회랑을 돌아 산책의 첫발을 내딛는
어미의 세속이 온전하도록
밤새 삭은 창과 방패를, 소리치기를 멈춘
내 뼈와 피의 침묵을 받아다오

불타는 장작나무의 노래
— 혜초일기 42 천축의 구전문학, 부처님께 올렸다고 전해지는
『암라팔리의 게송』

더 싸워야 할 세월이 남아 있다면
나는 끝까지 싸우겠습니다
갠지스의 물이 마르지 않듯이
그 강가에 셀 수 없는 모래알의 의지로
사는 동안 기꺼이
불타는 장작나무가 되겠습니다

더 잃어야 할 것이 남아 있다면
나는 마저 잃겠습니다
아아, 나는 모든 것을 잃었네 라고
다 잃은 그 바닥에서 홀연히 떨쳐 일어나
땅 속 깊이 염부제가 울리도록
절망의 노래를 부르겠습니다

당신은
이 망고나무 동산에서
땅을 가르고 허공을 가르며 날아가는

불타는 장작나무의 노래를,
그중 서늘한 보리수 가지로
축여주세요

날아가다가 날아가다가
재가 되어 앉은 자리
노래가 끊긴 그 절대의 침묵 속에서
비로소 나는 먼지처럼 흩어지며
당신의 법어를 듣겠습니다

세상에서 제일 슬픈 편지
── 혜초일기 43 천축의 구전문학 『숫도다나 왕의 마지막 전갈』

가야 할 때가 되었는데
가는 마음의 준비가 너무 어려우니
오셔서 내 등을 밀어주시게나
그대 영혼을 울려서
그대 안에 잠자고 있는
왕국의 신神을 깨우고 싶었던
한때는 세상에서 제일 행복했던 왕,
나, 숫도다나의 늙고 병든 이마 위에
오셔서 잠시 이마를 대어주시게나
참으로 잘 견디었다고
진정 사랑했다고
그 눈빛 한 줄기
바람인 듯 안고 가고 싶은 애비의
어렵고도 어려운 속정
한 점 불빛으로 삼아 마지막 순간까지 부끄럽지 않게
사윌 수 있도록
오셔서, 붓다여
내 손 한번 잡아주시게나

마하프라자파티의 청원

―혜초일기 44 바이샬리에서, 천축의 구전문학
『첫 비구니 입단을 청하는 편지』

네가 그 사나운 수코끼리를 길들였더냐,
숫도다나 왕이 대견해서 물을 때
네! 결혼을 앞둔 설레임이 배어서 더욱 아름답던
그대의 열여섯 살 얼굴
지금 꼭 눈앞에 보는 듯이 떠오릅니다

잊을 수 없는 것들은 틀림없이 그 순간에
피가 울었기 때문이지요 그것이 인연이지요
그대의 열여섯 살 눈매에 어려 있던 마야!
우리는 인연으로 인생을 낭비하지만
그것 때문에 한세상을 살아내기도 하는 것입니다

이제 그대에게 귀의합니다
그대의 법륜에 귀의하고 승단에 귀의합니다
그대가 숲에서 세상으로 보내온 말씀이
사람에 대한 구구한 인정임을
어린 싯다르타를 돌본 이 어미는 알아보았기 때문입니다

한때 나의 손자였던 라후라와

한때 나의 남편이었던 숫도다나에게 길을 열어주었듯이

이제 그만 사원의 문을 열어놓으세요

귀에는 남자 여자 구별이 없으니까요 그 귀가 흙이 되는
것은

남자 여자 똑같으니까요

아소카 왕의 석주
── 혜초일기 45 가비야라의 기념비

아소카 왕이 붓다가 태어난 마을에 세운 기념비
"세금을 내지 않아도 된다
생산하는 것은 팔분지 일만 바친다"
새겨져 있으나
절도 없고 중도 없고 사는 사람도 없는
무우수 그림자 길게 드리운 언덕
정적에 묻힌 그늘 속으로 깨어진 그릇이며 동강난 거
푸집
무너진 흙담 틈새로 어릿어릿 솟아올라 그악스레 자란
억센 잡초들, 도적들
세금 면제도 퇴락하는 믿음을 잡아둘 수는 없었으리라
석주에는 이렇게 새겼어야 좋았다
"기다리고 또 기다리면 언젠가는 붓다가
또 다른 여인의 배를 빌어 다시 온다"

자타카
―혜초일기 46 가비야라에서

이 이야기는 끝이 아니다
한 인간이 인간의 조건을 벗어버린 이 위대한
승리의 소식은
되풀이되는 윤회의 진상을 증거할 뿐
끝나는 것은 삶이지 인간이 아님을 보여주기 위해
이야기는 전승된다
우리는 자신도 모르게
우리가 한때는 사슴이고 비둘기였다고 믿는다
자타카의 수많은 보살들은
우리가 우리의 눈을 믿는 것처럼
우리를 믿어준다 이 상징을 딛고
일어나라
들꽃도 어느 날엔가는 연꽃으로 다시 태어나듯이
물과 불과 흙이 짓는 기나긴 생멸의 역사 속에서
자신이 하나의 과정임을
깨우치라
미련없이 이승을 사랑하라

태양을 재촉하다

──혜초일기 47 천축의 구전문학, 죽음을 예감하며 남겼다는
『왕비 마야의 시』

아가야 네가 태어나서 칠일이 되면
함께 한바다로 나가고 싶구나
무엇을 찾으러 갈까
수평선을 지나 그 너머로 뜨고 지는
태양을 지나 물의 허공을 지나
우리는 무엇을 만나게 될까
거기서도 은빛 장엄한 코끼리를 만나게 될까
어미는 돌아오고 싶지 않구나
푸르디푸른 물결이 되고 싶구나 뛰노는
바다의 노을이 되고 싶구나
어떻게 기다릴까
네가 태어나기를 무슨 수로 기다릴 수 있을까
어쩌면 내일이라도 너를 볼 텐데
그 시간이 살아온 시간보다도 길게 느껴져
숨이 막혀
그 동안도 아가야 너 없이도 살았는데
오늘 어미는 저 태양을 참을 수 없구나

너를 낳으러 가는 길이 천리만리구나
기다림에 지쳐 죽겠구나

나무의 신화
—혜초일기 48 싯다르타의 탄생 설화에 전해져오는 『나무신의 약속』

보라
한 여인이 보리수 가지를 잡고 제 목숨과 바꿀
아기를 낳는다
저 나무는 비탄과 환희의 이 날을 위해
기쁜 사람에게보다는 슬픈 사람에게 예배해왔다
붓다가 언제 올지 알 수 없었으므로
그가 어떤 모습으로 올지 알 수 없었으므로
단단한 가지와 깊고 강인한 뿌리를
키워왔다
오늘 저 무성한 나뭇가지들은
바위라도 녹일 뜨거운 태양으로부터
그녀의 가여운 아랫도리를 가리고
은성한 뿌리는
어미의 쇠잔한 생명으로부터 아기를
서둘러 세상 속으로 힘껏 밀어보낸다
이후로
세상의 모든 나무는 넘어진 사람들을

그리움으로부터 쉬게 해주고
헛된 기다림으로부터
언젠가는 적멸로 인도한다, 울지 마라
죽음과 이별을 맨 먼저 겪게 될
아가야

마야의 노래
──혜초일기 49 바이샬리, 구전, 『사랑의 노래』

내 슬픔이 키를 낮춘다
내 모든 사랑이 너를 향해 자라왔듯이
내 기쁨이 하나로 모인다
고통이, 어린아이처럼 순해진다
절망이
죽음이
네 앞에서 고개 숙이고 뉘우친다

어머니
—혜초일기 50 가비야라의 관음

아승기로도
나유타로도
헤아릴 수 없는 마음,
연꽃으로도
사라나무숲으로도
가릴 수 없는 연민,
금강으로도
진언으로도
끊을 수 없는 저 영원히 내민 팔의
어,
머,
니
우리는 그 팔을 끊어서
연꽃을 얻고
그 피비린내를 건너 피안에 이르려 하나
사지를 다 끊기고도
말없이 웃으며 이 먼 곳을 바라보는

눈,
이제서야 이 마음이 알아본다
무한자비를 품은
안식과 적멸의 태胎,
관세음인,
어,
머,
니

무소식
— 혜초일기 51 중천축국의 넷째 탑

천상에 닿아 있다는
삼도보계탑 앞에
캄캄한 희망과
오래된 열망,
오직 한 번 보고 싶다는
그 연분으로 서 있는데
어머니는 보이지 않네
부처님도 보이지 않네
하늘엔 구름만 흘러가네
태양만이
뜨겁네 괴괴하네

아기 붓다
―혜초일기 52 남천축길과 우유죽

앙상한 네 등의
배고픈 슬픔과
뜨거운 태양을 피해
보리수 아래 모로 뉘어져 잠든
네 눈의 커다란
그늘이
이미 네게 삶을 가르치고 있구나
아가야
눈을 뜨거라
배고픔이 쌓여서 먼 날에 네게 인내를 가르치고
그늘이 깊어져 먼 날에 네게 진리의 자리를
보게 하리니
내가 바치는 이 적은 우유죽
깨어나 나를 바라보는
내 눈 속의
고타마 싯다르타
내게 부처를 가르치는
아가야

완벽한 입
─ 혜초일기 53 보리수 중의 보리수

붓다의 가슴에 내린 무한 깊이의 하늘
붓다의 가슴에서 자란 무한 높이의 나무
하늘과 사람과 땅이
한 덩어리가 되어 노래하는 입
법
구
경

아기 코끼리
—— 혜초일기 54 생명의 미소

어딘지 낯익은
입꼬리가 귀를 향한 너의 둥근
입
내 얼굴에 저절로 떠오르는
미소
오오,
내 마음이 네 얼굴에 그리는
환하디환한 햇빛 담은
집,
이심전심
그 집이구나

맨발

── 혜초일기 55 남천축길의 얼굴

금방이라도 포효할 듯
달려들 듯
앞으로 내밀어진 굵은 엄지발가락들
흙 위에서는 흙이 되고
길 위에서는 길이 되는
허공을 향해 고개를 든 그 모양이
염주알이다
제 주인의 고단한 인생과도 무관하고
제 주인의 타고난 무용에도 태연한,
그토록 거칠고 험한 발뒤꿈치는
불국토가 다져낸
금강공이, 그런데
코끼리의 것보다 낙타의 것보다 더 단단하고
두터운 발바닥
사문들 정신 차리라고 내미는 저도 모를 조롱의
걸어가는 저 헛바닥!

눈부처

— 혜초일기 56 도적에게

그대 눈 속에 담긴 내 눈 속의 두려움
내 눈 속에 담겨오는
내 것보다 더 커다란, 그대 눈 속의 도적질하는 두려움
다 준다
뺏고 빼앗기는 것이 아니라
주고 싶어서 주는
담요 짚신 보릿가루 밀전병
이것밖에 안되나
보잘것없는 것들을 터는 그대 눈 속의 두려움
보잘것없는 것을 털리는
내 눈 속의 그대 것보다 더 커다란 두려움

빈 바리때

—혜초일기 57 탁발의 경계

며칠째 빈 밥그릇
곰곰이 닦는다
빈 마을에 들어가듯 조용히
빈 마을을 나오듯 담담히
너무 커다란 그 입을 닦는다
나무 밑에 앉아서 오래 오래
너무 깊은 그 뱃속을 닦는다

걷는 기쁨

── 혜초일기 58 길을 넘어서

그만 늦잠을 자고 동행을 놓치고
뒤늦게 나선 들길 높고 깊은 햇살
내가 중인 것도 잊어버리고
다 잊어버리고
세상을 걷네 가벼운 혼백
천공을 향해 이마에서 열리는 눈
쏟아지는 빛 속으로 걸어 들어가네
대지와 하나가 되어서
내 귀가 비상하네
하늘 가르네

힌두의 셈

―― 혜초일기 59 0의 발견

비었다, 없다는 말을 셈을 세는 데 쓴다!

나는 놀라서 입을 크게 벌렸는데 그 모양이 둥글어서

이 원형의 숫자가 표상하는 진리의 간단함에 웃음이 났다

모든 존재는 0이다 가득 차 있지만 동시에 텅 비어 있으며

처음과 끝이 똑같이 없음이므로

없음도 있음도 아닐 수밖에 없는,

고타마가 침묵한 저 영원히 알 수 없는 광대무변한 우주의

숨쉬기로서

명멸하는 생명의 이 단순한 고리

눈 코 입 그리고 숨구멍들

여기서는 우리가 그토록 갈구하는 모든 진리도 0일 뿐이다

이 진리를 힌두는 셈을 세는 데 쓴다!

용수의 허물어진 절
— 혜초일기 60 남천축길의 폐허가 된 절

공空 위에 세웠으니
공空으로 돌아가는 것이다
세울 때는
십이문十二門,
돌아갈 때는 단지
일문一門일 뿐인,
공空의 세계
나가르주나가 세운 세상

불퇴전 1
— 혜초일기 61 서천축, 상사의 지옥

길 위에서 한 사람을 보고 뜻밖에
마음에 병이 들어
병든 가운데 가장 깊이 병든 속
절망이 바닥없이 패여오는 자리,
고통으로 달구어져
상사하는 그 지옥의 자리를
아비발치라고 한다면
금강지여, 저를 나무라시겠습니까
천상의 선인들도
때가 되면 옷이 더러워지고
몸에선 냄새가 나고
머리에 꽂은 꽃은 시들고
악기는 낡아 노래도 목이 쉰다는
한때뿐인 목숨
불어닥친 한순간의 폭풍 속에서
가야 할 길을 실낱처럼 잡고
아비발치,

아비발치,
오늘 그 상사의 지옥을 독사처럼 물어뜯는
저를,
스승이여 죽비를 들어 꾸짖기만 하시겠습니까

불퇴전 2
── 혜초일기 62 서천축, 고통의 꽃

이것을 경계하라 하셨습니까
마음이 제 스스로 문을 열고
마음이 제 스스로 꽃을 피워
제 눈 안에 가둔
이것을,
스승이여 죽이라 하셨습니까
끓는 피가 아니면 저는 이 길을 올 수 없었습니다
끓는 피가 아니면 살아 있을 수도 없었습니다
이 고통의 꽃은
존자 아난다에게도 드리워졌던 것입니다
과거의 마음으로도 알 수 없고
미래의 마음으로도 알 수 없으니
지금의 마음으로도 헤아릴 수 없는
이것을,
금강공이처럼 단단하게 갈고 닦을 때까지
스승이여 상사의 지옥에 저를 버려두소서

사바의 염불
— 혜초일기 63 서천축의 노래

이제야 노래가 무엇인지 알 것 같아
이렇게 멈추어서서
귀 기울여 듣는
그대의 노래
그 작은 입 속의 커다란 허공을
이제야 느끼는 거야
어떤 지식도 어떤 진리도
이 떨리는 목젖 앞에서는 무의미하지
들어보면
세상 모든 노래는 다만 한 곡조
내뱉고 삼키며 뿜어내는 힘은
텅 비어서 터질 것 같은 뱃속에서만
나오는 거야
가닿을 데 없는 허공으로
제 자신을 밀어붙이는 거지, 부서뜨릴 듯이
부서질 듯이 밀어붙여진
그 가파른 음자리에서는

노래하는 이도 듣는 이도 노래까지도
그냥 허공인 거야
이렇게 멈추어서서 듣는
그대의 노래
잉잉대며 비나에 떨어져내리네,
사바의 염불

만다라
— 혜초일기 64 서천축, 남자의 높은음자리

이 아름다움을 아시나요
한 남자가 가장 높은음자리에서 일편단심
사무치게 노래하는데 그 목소리가 틀림없는
여인의 영혼입니다
암수 한 그루인 나무같이
힘차게 땅을 딛고 서서 그의 안에서 그가 찾은
그리운 여인,
그는 그 여인과 하나가 되어
지상에서 가장 오래된 꿈을 노래합니다 노래하면서
새도 더는 깊이 날아오를 수 없는 높이에서
암수 한 그루의 완벽한 사랑을 구가합니다
사문들이여
남자이면서 여인이고
여인이면서 남자인,
그래서 여인도 아니고 남자도 아닌 한 인간,
애욕의 기쁨과 슬픔이 눈처럼 녹아버린
그의 노래가 만다라가 아닙니까, 만다라화가 아닙니까

독경
— 혜초일기 65 그런 날이 온다면

목청을 돋워서, 한 올 한 올 물레를 잣듯이
한 줄 한 줄 비나를 뜯듯이
허공 속으로 반야경 한 줄 띄워올리며
그 가락이 어디까지 가나
어디까지 갈 수 있나
귀 기울인다
그 가락이 욕계육천의 하늘을 가르는 아리따운 새가 되어
내 영혼을 물고 날아오른다면
이 절벽에서 저 절벽으로 반야의 벽을
실바람으로 풀어준다면
그런 날이 온다면!
아제아제 바라아제 바라승아제 보리사바하
허공 속으로 띄워올리며
귀 기울인다

비루한 동정

─ 혜초일기 66 자란다라, 산 속의 한 아이를 기억함

너는 버려진 밥을 먹고 있었다
버림받은 인간만이
눈물 없이 그 밥을 먹지
내 손이 먼저 너에게 바랑 속의 먹을 것을
꺼내주었다
너의 밥과 나의 밥이 한가지이고
네가 찾는 것이
지금까지 내가 찾아온 그것과
양식이기는 한가지인데
아뿔싸, 버린 밥을 먹는 너보다
먹을 것 못 먹을 것을 가린 사문의
비루함
이렇게 멀리 와서 바닥에 이르러 마주친
스무 살 겉늙은 비구

무위의 법

─혜초일기 67 북천축으로 들어서다

내 육신 같은 흙 위에 누워
내 귀 같은 바람소리 들으며
천천히 천천히 썩어지고 싶은데
아아, 그래도 되는데
걷는다는 것
숙명이고
형벌인
이 무위의 법法
뒤돌아보지 말라
지나온 길은 네 발자국을 모른다

설산
── 혜초일기 68 자란다라의 동쪽 하늘

거대한 열반이다
산이란 산은 다 모여서 하나의 산을 이루고
그 가장 높은 곳에
만다라를 이루었다
뿌리를 깊이 더욱 더 깊이
도리어 위로만 쉬임없이 솟은 지고의 높이에서
붓다의 서늘한 살결 같은
만년설이 고요히 빛나는
산山
뜨거운 태양에 달구어진
흙과 모래와 바위가
눈보라에 씻기고 씻기어 하늘기둥을 이룬
절정에서
눈은 눈이 아니되 눈으로 빛나고
산은 산이 아니되 산으로 서 있다

병사의 詩
── 혜초일기 69 신두고라, 묘비명

나는 싸우고 또 싸웠지만
왜 싸웠는지 모른다
시간의 바퀴 아래서 싸움은
무한한 상실일 뿐이다
벼랑 끝에서 발길을 돌려
한 발자국씩 내려오는데 날이 저물었다
어떤 명분도
우리의 피비린내를 다 가시지 못하고
어떤 승리도
사람을 마침내 빛으로 이끌지는 못하리
칼을 갈 것인가
죽은 자의 시신을 거둘 것인가
그대에게 묻는다

꽃 한 송이의 빛
—— 혜초일기 70 신두고라에서 먹는 나이

안으로 안으로 둥글게 도는 나이테
사람 속으로 깊이깊이 난 길
저절로 무릎 꿇어져 그 길에 들어
새로 나이 한 살을 받아든다
지팡이 삼는다 이 꽃 한 송이

몽둥이
—— 혜초일기 71 중현의 어리석음

중현이 손에 들고 간 것은
순정이론이 아니라
아니다와 이다의 몽둥이

수많은 거사와 대사와 보살들이
마지막 휘두른 지혜가 때로
있다와 없다의 몽둥이였듯이

십이 년은 아비달마구사론에
목숨은 세친에게 바쳐졌으나
죽은 이도 받은 이도 모르는,

그 헛되고 헛된 몽둥이
중현은 아비달마구사론이 틀렸다고
세친을 찾아가는 길에 죽었다 병사病死였다

다마사바나寺의 범종
—— 혜초일기 72 부처님이 사람과 하늘을 제도하신 절

도적 앞에서
벼랑 앞에서
허공 앞에서

떨지 말 것
상심하지 말 것
높고 깊음을 탄식하지 말 것

그대 안에 부처님 계시니
새벽을 깨는 범종처럼
의연할 것

이빨
— 혜초일기 73 대벽지불의 사리

그가
물어뜯은 거대한 어둠과
씹어뱉은 절대의 침묵이
이토록 가볍게, 보잘 것 없이
그러나 삭지 않고 남아서
우리에게
이빨의 힘을 보여준다
눈 있는 이는 보라
작은 짐승을 덮칠 때도 온힘을 다하던
금털사자의
시공을 가른
날으는 발톱이다

한 중국인 승려의 죽음에 부쳐
—— 혜초일기 74 나가라다나寺에서 죽은 한 구도승을 위한 시

어디에서 태어나
어느 산에서 수행하였는지는
중요하지 않다
이 산중에서 홀로
이름없이 두려움 없이
캄캄하게 죽어간 자여, 죽어서
구도의 자리를 내게 보여주는
그대여
오늘 나는 그대의 외로운 혼령을
우란분에 꽂는다
사람은 아주 죽는 것이 아니다
살아 있는 누군가의 가슴 속에서
남은 생애를 함께 하는 것이다
길 위에서
벼랑에 이르를 때마다
그대의 죽음이
넘어진 나를 일으키리라

합장
—혜초일기 75 가난한 자는 많고 부자는 적다

연못에 떠오른 아까운 떡과 밥이여
마디얀티카 아라하, 그대의 흔적이여
아난의 제자, 존경하는
나한승이여
그대는 가고 없는데
그대의 사자후도 허공으로 사라진 지
오랜데
떡과 밥이 그대를 기억하나니
헐벗은 중생들의 살과 뼈의 공양인
떡과 밥에게
몸과 마음을 다해 합장합니다

한 늙은이의 시주
—혜초일기 76 왕이 할 수 없는 것

일 년 내내 양털을 모아서
가죽을 모아서
극락을 짓듯 지은
담요 한 장
신발 한 켤레
일 년 내내 보릿가루를 아껴서
밀을 아껴서
부처를 만들듯 만든
보리떡 한 접시
죽 한 그릇
이 헐벗은 행복과 배고픈 사랑
시주합니다
해마다 이렇게 성불하고 있습니다

낙타를 탄 낙타
—— 혜초일기 77 길 위의 두 짐승

뚜벅 뚜벅
으흠, 그래 뚜벅 뚜벅
고단한 길에서는 할 말도 하고 싶은 말도
없어지지 저절로 우러난
침묵이 우리를 견디게 해주지
가다 보면 말을 잃게 되는 그런 때가 있는 거지
가야 하니까, 가는 길밖에는 없으니까 우리는
뚜벅 뚜벅
오오, 그래 그래, 뚜벅 뚜벅
네 눈에 가득 고인 천축의 빈 하늘
내 눈에 텅 빈 천축의 꽉 찬 하늘
그렇게 한곳을 바라보며 가는 거지

귀
— 혜초일기 78 바람에 묻어오다

오래 길을 가다보면
아주 많은 걸 듣게 되지
듣다가 듣다가 그만 사랑하게 되지
눈도 뜨기 전에 이미 태 안에서 듣는 법을 익힌
귀
얼음산과 눈 쌓인 계곡과 초원의
사원도 불법도 없는 곳에서 오는
이 머나먼 바람길에
묻어온 무수한 귀를 좀 봐
그 귀마다 서린 살냄새와 밥냄새와 흙냄새를
노모와 어린 자식과 남루한 아내의 악다구니를
그 옷과 머리카락에 끓는 서캐와 이까지도
내 눈처럼 듣게 된
바람이 다된 우리의 귀
부처의 법을 모르는 부처의
법
그게 길을 가는 사문의
사랑이지

양젖을 마시며
—— 혜초일기 79 다 살게 되어 있다

제 피로 보시하는 짐승들이
한결같이 아름다운 것은 젖이 아니라
눈망울이다
제 새끼에게 주듯이 내주는
양의 이 무심한
양식 앞에서
마주친 크고 어진 눈동자
어미의 눈
사람은 이 은혜로 다 살게 되어 있다
산 속에서 광야에서 타버린 들판에서
소의 젖을 먹고 말의 젖을 먹고 양의 젖을
먹을 때
곱씹어보라
입 안 가득 형체없이 차오르는 완만한
기쁨
그것이 어미의 눈망울이다
사람은 그것으로 다 살게 되어 있다

백정의 노래
―혜초일기 80 간다라에서 만난 사람

경전을 외듯이 갈고 갈아서

날카롭기가 그 무엇보다 서슬 푸른 정직함에 이르렀을

때

나는 마침내 온전한 백정으로 다시 태어나

단숨에 양의 숨통을 끊어준다

온전한 백정은 양과 함께 죽는다 칼도 같이 죽는다

그대가 먹는 한 점 고기는 내 영혼의 살점,

그대가 뜯는 뼈다귀는 내 칼의 이빨

이렇게 우리가 하나가 되어 씹고 씹혀서

사람도 되고 짐승도 되고

고타마의 오백오십 번의 전생과도 같이 길고도 짧은

나날을 살고 지리니

바라문이 숨어서 씹는 육질의 맛으로는

결코 알지 못할 생명의,

진귀한 낌새를 지금 우리가 누리고 있음이라

헌화가
—혜초일기 81 무착대재에서 한 노인의 헌사

올해도 이 여인을 바칩니다
저희가 이렇게 병들어 저승꽃이 얼굴에 필 때까지
해마다 저는 아내를 바쳐왔습니다
자랑스럽게 드릴 수 있는 것은
이 여인뿐
부처의 제자들에게 가슴을 펴고 보여줄 수 있는 것은
저와 함께 이 세상을 살아온
이 가난한 여인뿐
아이를 열이나 낳았으되 일곱은 굶주림과 돌림병으로
잃고도 허망하지 않고
손발이 갈퀴가 되도록 밭을 일구어
제가 아플 때도 사원에는 전포와 밀을 바친
간다라의 여인
이토록 늙어서 바라보니
부처가 따로 없습니다
올해도 이 여인을 바칩니다
내가 드릴 수 있는 최고의 시주

107

이 여인의 값으로는 부처를
두말 말고 사문들이여
온 세상을 다 주어도 바꿀 수 없는 제 아내의
값으로는 꼭 부처를 매겨주소서

강가의 점심
── 혜초일기 82 인더스, 인더스

밀전병을 뜯다가
무심코 눈을 들었는데 쩽,
깨지는 햇살 아래 천지간을 뒤덮은
강
숨죽여 날아드는
사나운 나비떼
나는 나비를 눈에 붙이고
은빛 너울을 타고 같이 흐르다가
난데없이 터지는 꽃망울에 귀가 열렸다
쩽! 깊은 강은 물소리를 내지 않는다

가자, 큰물 앞에서 유마의 눈부신 신발 한 짝을
찾아 신었으니, 가던 길 가자 꽃소식이 식기 전에

수레 이야기
── 혜초일기 83 카니시카에서, 소승에서 대승으로 전향한 세친보살에게

집으로 돌아가는데
너무 힘이 들어서 작은 수레를 탔다
타고 보니
수레가 길이고 집이었다 우리가 태어난 바로
그곳이었다
험한 길 위에서 길을 찾는 형제들에게
같이 타고 가자고 손을 내밀자
수레는 얼마든지 커져서
우리는 해와 달과 별까지도 한 몸인 채로
기뻐 노래하며 달려갔다
바수반두여
이 수레는 유마힐이 문병 온 사리불에게
단숨에 보여주신
무한대의 작은 방이 아닌가
비야리의 암라원에서 부처님이
뜨거운 태양으로부터 삼천대천세계를 가려주신
바로 그
하나의 일산이 아닌가

110

노래하는 비둘기
— 혜초일기 84 간다라, 비둘기를 놓아보냈다는 전생의 부처님께

매에게 쫓기는
이 숨막히는 목숨의 자유
필사적으로 쫓기다 잡히는 순간 비로소
자유를 찢으며 타오르는
불꽃
그의 발톱과 하나가 되는 것
이 목숨에서 저 목숨의 살과 피가 되는 것
시비카여
이것이 먹이의 도道입니다

야차의 실력
── 혜초일기 85 간다라, 부처의 눈을 뺐다는 야차의 마을에서

내가 먹은 것은 부처의
살과 뼈였다
먹고도 먹은 줄 모르고
지치지도 않고 헛되이
그의 살과 뼈를 찾아 너무 먼 곳에서
먼 곳으로 헤매어왔다
야차에게는
부처의 눈이면 되었다
눈을 뜨게 하는 데
광포한 피를 잠재우는 데
그의 눈은
극약이었다
그의 살과 뼈를 손에 들고도
그것이 내 살과 뼈임을 알지 못하는
사문아
차라리 경전을 씹어먹지!

구름이 가는 길
—— 혜초일기 86 우디아나의 하늘

하늘에도 길이 있었다
우리가 막막할 때
적막하여 두려울 때 하늘을 우러르는
까닭이었다
그곳에는
절이 없어도 좋았고
먹을 것이 없어도 좋았다
허공이면 되었다 새는 허공에서
허공을 먹고 허공이 되어 하늘을 누리고
사는 일을 걱정하지 않았다
그곳에 구름이 있었다
길목을 짓고
이정표를 만들며 저 혼자 왔다가는
저 혼자 갔다
흔적도 없이
머무는 법 없이 북방의 하늘을
지나오고 지나갔다

울금향

—혜초일기 87 카피스의 향기

개벽을 하듯이
지나온 길을 깨끗이 지우면서
눈시울을 덮는 꽃
이 향기가 여기까지 나를 불렀던가
서쪽에는 부처보다 아름다운 것들이
많이 살았다
양과 무소와 노새가
사람과 함께 보릿가루를 먹고
똑같이 산을 타고
고구마밭을 일구고 험한 길을
맨발로 살았다
이 향기였던가
그렇게 살다가 죽은 것들의 무심한
환생
목숨을 깨고 아무렇지도 않게
뿌리는 화엄
그것이었던가
나를 인도한 것은

공양받는 머리카락
—— 혜초일기 88 사사의 숲

부처의 것이라면
머리카락도 아주 죽거나 썩는 것은 아니구나
오히려 자라나는 생명이구나
아무 말씀 없이 이렇게 무심하게
천 년도 넘게 공양을 받으면서
그 공양 그 세월로 어린 고타마의 것같이
윤기마저 돋았구나
세상의 슬픈 것들은 품고 용서하고
기쁜 것들은 다독이면서 검은 숲을 이루고
부처의 새 살이 되었구나
내 어머니의 머리카락을 그리워함이여
어린 고타마같이 나는 자라서
내 어머니의 슬픔과 고통을 그리워함이여

부처가 언제 승단의 것이었던가
──혜초일기 89 금과 은의 공양

부처가 죽는다
장자와 수령들이 바치는 금과 은의 무게로
사원이 두고두고 무너지는 동안
힌두의 가슴에서 그는 미련없이 죽는다
부처가 언제 왕의 것이었던가
부처가 언제 브라만의 것이었던가
부처가 언제 승단의 것이었던가
자타카의 추억과 내세의 인연을 빼앗긴
사람들은 시바에게로
자이나에게로 조로아스터에게로
뿔뿔이 흩어져갈 것이다 그것이
죽은 부처를 죽이고 또 죽이리라
이 땅에서 그가 영영 죽어버릴 때까지

사는 힘

──혜초일기 90 바미얀의 바위부처들

사람이 벼랑에 제 키보다 큰 부처를 새겨넣었다면
사람이 산바위에 제 몸피보다 두터운 부처를 파넣었다면
파고 또 파고
새기고 또 새긴 것은
부처가 아니라 사람의 분골쇄신이다
부처의 모양을 하고 있을 뿐
산다는 것의 고통과 절망과 기쁨까지도
무화되어 돌이 된 힘이 숨쉬고 있다
그토록 되풀이해온
먹고 자고 사랑하고 싸워온 한 육신이
바로 그것을 벗어버리고자
제 몸뚱이를 파고 새긴 필사의 흔적들,
바람 속에서 눈발 속에서 뼈와 살의 마지막 냄새를 씻고
신성이 된 역사다
사람이 사는 힘이다

어린아이처럼
— 혜초일기 91 투카라의 아침

눈물은 아함경을 모른다
눈물은 금강경을 모른다
밤새 앓다가 일어나 앉기를
기다렸다는 듯 떨어지는,
눈물은
오늘 아침 붓다를 모른다
세상의 모든 눈물이 잠시 세상을 잊듯이
나를 버리고 터져나온
이 눈물은
모든 것을 잊고 흐른다

그대는 어디가 아픈가

—— 혜초일기 92 투카라의 부처

좁은 벼랑길을 돌아나올 때 맞은편에서 오던 노인에게

길을 비켜주었습니다 노인은 지나갈 생각은 않고 내게

문득 물었습니다 그대는 어디가 아픈가

나는 기침을 했습니다 열이 나서 몸을 떨었습니다

안 아픈 데 없이 온몸이 쑤셔왔습니다

노인의 소맷자락을 부여잡을 듯 대답했습니다 다 아픕니다

노인은 지나갈 생각은 않고 쳐다보지도 않고

위로도 하지 않고

뼈만 남은 손가락을 들어 내 가슴을 가리키며 다시 물었습니다

그대는 어디가 아픈가

그대는 어디가 아픈가

이제까지 따라다닙니다 내게 회초리가 되었습니다

페르시아의 형식
— 혜초일기 93 사막의 약속

인생에 무슨 이유가 있겠습니까
일을 하고 밥을 먹고 아이를 낳으며
한 생애를 겪어내는 일에 무슨 이유가 있겠습니까
남편 잃은 어머니를 아내로 섬기고
다섯 자매가 한 지아비를 의지하는 관습은
페르시아의 사연일 뿐입니다
광활한 사막에서 물을 찾아 싸우고 유랑하는 사람들이
제 어머니를 보살피고 아내들을 거두는 그 형식은
오랜 삶의 깊은 상처에서 그들만이 지어낸
사랑의 약속인 것입니다
낙타가 목마른 그들에게 제 몸으로 물을 주듯이
그들도 제 몸으로 그 약속을 지켜가는 것
그 사연이 그들의 역사인 것입니다
그 역사에 무슨 까닭이 있겠습니까
옳고 그름이 있겠습니까

늙은 장사꾼의 노래
—— 혜초일기 94 노인에게서는 신발 값을 깎지 마라

떡을 만들어서 팔 때나 담요를 만들어서 팔 때나
내가 파는 것은 언제나 내 영혼이었다
당신들이 사간 것은 떡 한 입이 아니다
담요 한 장이 아니다 사간 것이 무엇이든간에
나의 노심초사와 근심걱정이 절절이 배인 그것, 나의
전부
인생이었다! 영혼을 팔기는 매한가지! 인생을 팔기는
매한가지!
바라문은 경전을 외워 공양을 받으니 경전에 입을 팔았
음이다
백성의 숫자보다 많은 승려들은 내세를 팔아 연명을 하
니
분명 지옥에 영혼을 팔았음이다
내게서 물건을 사가면서 매양 비싸다느니
속았다느니 투덜대는 사람들아
수고하지 않은 자들에게서 내세를 사가고 위안을 사가
면서

저도 모르게 영혼을 털리고도 내 수고와 피땀을 깎는
당신들에게 오늘 나는 전포를 팔고
가죽으로 지은 옷과 신발을 판다 내게 값을 치를 때
내가 받고 싶은 것은 당신들의 허기진 영혼
깎아주고 싶은 인생의 슬픔이다

龍門
── 혜초일기 95 투카라의 하늘무덤

흘러가는 구름, 우리 마음이지요
눈 되어 내리거나 비 되어 내리거나
내린 자리 따라 더럽거나 깨끗하거나
정처없고 자취없는 행로
우리 마음이지요
있는 동안 쉬임없이 생겨나서
온갖 모양 다 짓고 환장할 것 같은
천둥 벼락 지나 어느 때 이르러
드디어
구름 사라지고 쨍쨍한 하늘,
진짜 우리 마음이지요
황하 물고기들 다투어 모여 오르고 또 오르던
용문龍門이지요
우리 가는 곳이지요

은혜
—혜초일기 96 와칸에서

풀 한 포기 없는 골짜기에서도 사람들은 산다
검불 같다
검불은 바람 부는 대로 날려간다
바람의 의미를 묻지 않는다
이 땅의 사람들은 주어진 대로 무사히 살았다
그들 가운데서 그들이 주는 것으로 나도 무사히 살아남
았다
많은 검불 속으로 들어가 그중 하나가 되는 것
하나의 검불로 더불어 가는 것
그 은혜,
서로간의 이 깊은 속사정을 당신은 인연이라 가르치고
법륜이라 말씀하신 게 아닙니까 고타마여

아귀도

──혜초일기 97 썩은 비단

삭니아에서는 곳간에서 비단이 썩고 있다
이웃에서 도적질해온 것이니 썩어도 썩는 줄을 모른다
추운 나라에서 얼마 되지도 않는 백성이
눈앞에서 헐벗어 있는데 눈 먼 왕은 또 비단을
노략질해오라고 한다
왕은 썩은 비단
왕은 썩은 비단
걸신 들려
가질수록 가질 수 없는 비단
그의 지옥, 마하발특마

쉬지 않았다
—— 혜초일기 98 파미르를 넘으며

독사도 살지 못한다
독수리도 살지 못한다
귀신도 못 산다
얼음산과
골짜기를 파고 또 파서 거대한 무덤을 짓는
바람과
이리저리 굴러다니는 낙타의 뼛조각과 사람의 해골만이
차마 꾸지 못할 꿈 속인 양
무서워서
지푸라기를 잡듯 경전을 끌어안고
있는 힘을 다해 소리지른다 허공이 잡아먹기 전에
영차, 여엉차, 영차, 걷는다, 쉬지 않는다
허공을 가르며 달려와서 허공으로 떼어갈 듯이
얼굴을 쥐어뜯는
바람이 순식간에 제 비명을 잡아먹고
잠시 나를 놔줄 때
영차, 영차, 여엉차, 걷는다, 쉬지 않는다

땅이라도 물어뜯고 싶게
걸어도 걸어도 제자리인 이 미친 바다

살아야 하는 이유

—혜초일기 99 눈보라 속에서

어머니가 있기 때문에
어머니를 찢고 나오기 때문에
어머니를 먹고 살기 때문에
다 먹고는 버리기 때문에
그 힘으로 죽을 때까지 살기 때문에
모든 생명의 처음이자 끝인
어머니에게로 돌아가기 때문에

어떻게 변명할 것인가

— 혜초일기 100 파미르를 넘는 승려의 노래

이 광활한 야수의 세계
삶이 이와 같아서 배고프면
사람으로 배를 채우고 배가 불러서야 놓아준다
그 배고픔의 사나운 여운이 사람의 잠 속에
절망과 슬픔의 꿈이 되어
그것에 쫓겨 왔다
삶에 먹히면서도 먹히는 줄 몰랐다
여기에서 얼어죽으면
얼음부처가 된다 원래의 곳으로 돌아간다
이 허무함을 어떻게 변명할 것인가

　　언제나 어머니 곁에
　　언제까지나 어머니 곁에
　　있고
　　싶었지요

이 서러움을 어떻게 변명할 것인가

옴마니 반메훔
—— 혜초일기 101 대자자비한 부처 안에서

그래도 당신은 언제나 제 마음에 내리는 첫눈이지요
잠 속에서도 첫눈을 맞고 꿈 속에서도 첫눈을 맞지요
그날의 그 희디흰 연꽃, 저는 그 첫눈 속에 살고 있지요

거름

— 혜초일기 102 쿠마라지바처럼

언젠가는
등에 지고 가는 이 경전을 우리말로 옮기겠어요
그 말과 함께 숨쉬고
그 말과 함께 마음을 키우다가
그 말이 눈을 뜨면
오대산 한 자락에서
그 말과 함께
남은 생을 살겠어요
그 말을 의지하겠어요
그 말과 나는 숲을 바라보며
국적도 승적도 없는 자유 속에서
칭칭 산꽃처럼 살겠어요
칭칭 그렇게 살다가 그 말이 흐려지고
마음이 흐려지면
그 자리에서 말과 함께 고스란히
썩겠어요 오대산의 한 줌
거름이 되겠어요

기별
──혜초일기 103 천산북로를 가며

오늘 저는 당신께 드린 맹세와 찬송과
투정과 깨우침이 헛된 것임을 각오합니다
히말라야의 붉은 꽃 같은
전설 속에서 당신은 희망이기보다는
슬픔으로
꿈이기보다는 깨어진 약속으로
인생을 이렇게 가르쳤지요
"모든 것은 지나간다"
사람들은 살다 갔습니다 많은 사람들이
살다 갈 것입니다 이 심금에 있어서야
당신을 알고 가는 것과
모르고 가는 것에 무슨 다른 기별이 있겠습니까

쿠마라지바의 사리
—— 혜초일기 104 쿠처국에서 쿠처 사람 쿠마라지바를 기림

어디서부터 어떻게 들어갈까 어떻게 나올까
들여다볼수록 그 깊이를 헤아릴 수 없는
산스크리트어 경전 앞에서
중국어로 십삼 년
초당사에서
뒷숲에 부는 바람소리 풍경소리에
여시아문如是我聞
이렇게 서두를 떼었을 때
쉰일곱 속가의 나이가 도리어 적막공산이었을
그의 눈, 그의 귀, 그의 마음이
금강에서 반야로
반야에서 아미타로 법화로
유마힐로 쉬임없이 가닿는 동안
그가 싸우고 싸운 것은
화두 불립문자
버리고 버린 것은 쿠마라지바 그 자신
마침내 마지막 권에 이르러서야

다 사원 촛불이 그렇듯이
그는 그가 싸우고 버린 것과
하나가 되어 그곳에 묻혔다
법랍 육십삼 세
세상에는 그의 분신, 한자어 경전 삼백오십여 권
그의 어머니 나라에 와서
열반경을 펼쳐든다 그의 비문을 읽는다

닫힌 입
── 혜초일기 105 용흥사에서

아아, 나는 노래를 잊었네
끝내 말을 잊었네 잊은 것조차 몰랐네
정작 들려줘야 할 노래를 부를 수 없이
전할 말을 전할 수 없이
진리의 등 뒤에 서 있는 것
그 서늘함이 목까지 차서
입이 꽉 다물어진다 날이 갈수록
더욱 굳게 다물어진다
이제 와서 용흥사 대웅전 툇마루에
우두커니 앉아서 까마귀처럼

대운사의 아궁이
—— 혜초일기 106 대운사에서

배도 고프지 않은 잠
아무런 기억도 생각도 없이 오는
잠의
충만한 아궁이 속으로
해가 진다
별이 진다
나는 아무 곳에도 가지 않았고
아무것도 보지 않았다
길 위에서
모든 것은 끝났다
나는 그 누구도 무엇도 아니다 이 순간,
저 들짐승의
풀섶의 잠이거나 날짐승의
나뭇가지 위의 잠일 뿐

난타의 등불
—— 혜초일기 107 새벽을 위하여

어느새 절집에 다 왔다
그 많은 등불을 지나 내게 주어진
단 하나의 등불 앞에서
아침에 나갔다가 저녁에 들어온 아이처럼
나는 긴 밤을 맞았다
그리고 문門을 열었다
오,
아침 바람에 떨어진
희디흰 들꽃송이
무심코 주워든다
아직도 생생한 숨결!
어루만지며 어루만지며
인사 드린다, 나마스테

금강경에 기댄 삶의 노래
── 박진숙의 시세계

이 남 호
(문학평론가 · 고려대 교수)

신라 사람 혜초는 어려서 당나라로 들어가 천축 출신의 고승 금강지삼장에게 사사했다. 그리고 20대 때, 수년간 인도와 서역으로 구법 순례를 하였고, 당나라로 돌아온 이후 80여 세의 고령으로 세상을 떠날 때까지 약 50년 동안 당나라에서 밀교 연구와 전승에 전념했다. 그는 금강지에서 불공으로, 또 혜초로 이어지는 밀교의 전통을 확립한 대덕 고승이다. 그가 천축을 구법 순례하면서 남긴 여행기 『왕오천축국전往五天竺國傳』이 1908년 돈황석굴에서 발견됨으로써 혜초는 우리에게 알려지게 되었다. 프랑스의 동양학자 펠리오에 의해 발견된 『왕오천축국전』은, 책명도 저자명도 떨어져 나간 결락본이지만, 8세기 인도와 서역에 관한 여러 가지 역사적 사실과 지식을 담고 있는 귀중한 책이다.

1300년 전, 신라의 젊은이 혜초는 무엇을 찾아 생사를 넘나들며 그 머나먼 이역 땅을 떠도는 고난을 스스로 짊어졌던가? 그가 남긴 『왕오천축국전』은 아득한 과거의 먼 나라 땅과 사람과 풍습에 대한 이야기를 들려주지만, 또한 아득한 삶의 근원과 진리로 향하는 우리의 열정과 상상력에 큰 불을 지핀다.

혜초가 밟았던 서역으로의 길은, 불법을 찾아간 역사 속의 길이면서 동시에 시공을 초월하여 지극한 마음들이 꿈꾸는 형이상학적 길인 것이다. 미당의 시 「귀촉도」에서도 나오듯이 "진달래 꽃비 오는 서역 삼만리"는, 미당뿐만 아니라 많은 시인들이 항상 꿈꾸며 마음으로 순례했던 길이었다.

　박진숙의 시집 『혜초일기』의 상상력도 혜초가 걸었던 길을 따라 펼쳐진다. 『왕오천축국전』의 여정을 따라 시인은 삶의 근원과 진리를, 불법을 만나고자 상상 속의 순례를 펼친다. 『혜초일기』는 『왕오천축국전』의 지도 위에서 씌어진 시집이므로, 이 시집을 보다 잘 이해하려면 『왕오천축국전』이나 그와 관련된 지식이 미리 요구되는 경우가 종종 있다. 가령 모든 허물을 벗고 벌거숭이로 사는 사람들을 찬양한 「혜초일기 6」은 인도 동부 해안가의 폐사리국에 대한 기록을 읽으면 더 잘 이해된다. 또 「혜초일기 71」은 카슈미르 사람 중현의 저서 『순정이론』에 얽힌 이야기를 바탕에 깔고 있으며, 「혜초일기 102」는 혜초가 중국 오대산 건원보리사에 들어가 말년을 보낸 사실을 알아야 충분히 이해된다. 작품의 구석구석을 빠짐없이 이해하려면, 붓다와 관련된 구전설화에 대해서도 꽤 많이 알아야 한다. 그러나 그런 지식들을 알면 더 좋다는 것이지 모르면 안 된다는 것은 아니다.
　『혜초일기』에서 중요한 것은, 삶의 근원과 진리 그리고 불법을 찾아가는 마음의 행로이다. 시집 속의 대부분의 작품들은, 아무런 사전 지식 없이 알 수 있는, 마음의 지극한 행로를 간명한 사유와 언어로 보여준다. 상황에서 의미로 단도직입하는 시인의 사유와 언어는 경전의 구절처럼 단순명쾌하면서도 큰 울림으로 우리를 근원의 벽 앞에 서게 한다.

『혜초일기』 속에서 시인은 혜초가 되어 혜초의 길을 따라 걷는다. 시인은 혜초의 마음 속으로 들어가 때로는 혜초의 어머니가 되고 때로는 붓다가 된다. 또 때로는 붓다의 부모나 아내가 된다. 길에서 만난 사람들이나 사물들 그리고 구전문학 속의 인물이 되기도 한다. 그러나 누구의 눈과 입을 빌어 노래하더라도 그 마음은 혜초의 마음이요, 혜초가 된 시인의 마음이다. 즉, 백팔번뇌를 지팡이 삼아 고해를 건너 근원적 진리에 도달하고자 하는 마음이다. 순례길의 고통, 번뇌, 절망, 연민, 깨달음, 기쁨, 그리움 등등 모든 것들이 다 그 마음 바다에 일렁이는 파도요 물거품이라 할 수 있다. 시인이 혜초가 되고, 붓다가 되고, 혜초의 어머니 또는 다른 그 무엇이 되는 것은, 모든 존재가 시시각각으로 변하여 실다움이 없음을 강조하는 『금강경』의 가르침과도 통한다.

『금강경』은 붓다가 수보리 등을 위하여 객관적 경계가 공함을 설하여 삼라 일체법이 무아임을 나타낸 것으로 밀교의 근본 경전이다. 혜초가 『금강경』의 법을 받들었듯이, 혜초가 된 시인도 「금강경에 부쳐」라는 짧은 시로 자서를 삼는다.

나는
태어나지도 않았고
살지도 않았다
따라서 죽는다는 것도 없다

그럼에도 불구하고
나는
태어나서
살았으며
그리고 죽는다

　『금강경』에 의하면 일체가 공이며 태어남도 삶도 죽음도 없
다. 그 깨달음이 불법의 궁극적 경지일 것이다. 그러나 시인을
비롯한 우리 모두는 그 경지로 가는 머나먼 도정의 어느 길목
을 배회하며 생사병로의 고통 속에 있을 뿐이다. 그것이 인간
의 길이다. 시인은 서시에서도 "그 끝없는 벼랑 위의 길"과
"천 길 허공"과 "꽃 한 송이 피고 지는 동안"으로 인간의 길을
노래한다. 생사가 없는 깨달음의 경지와 생사의 고통 속에 있
는 인간의 길 사이에는 큰 간격이 있고, 그 간격을 노래한 것이
『혜초일기』라 할 수 있다. 『혜초일기』 속에는 큰 깨달음의 경
지로 나아가는 길목의 작은 깨달음들이 곳곳에 있다. 그러나
그보다는 인간의 길 위에서 필연적으로 만나게 되는 삶의 고
통과 세상의 아픔들이 더 많다.

　『혜초일기』는 구도의 지극한 마음으로 쓰어졌으며, 『금강
경』의 높은 가르침을 바탕에 깔고 있다. 그러나 『혜초일기』는
깨달음의 노래가 아니라 번뇌의 노래라고 해야 할 것이다. 이
점은, 『혜초일기』가 서시를 포함해서 총 108편의 시로 구성되
었다는 점에서도 암시된다. 108은 불교에서 말하는 번뇌의 숫
자이다. 시인은 혜초의 마음과 행적을 빌어, 백팔번뇌를 노래
하고 있는 것이다.

멀고 낯선 땅으로, 그 끝없는 벼랑 위의 길로 구법 순례를 떠나려는 자에게는 남다른 발심發心이 있다. 『혜초일기』의 발심은 죽음도 피하지 않겠다는 서슬 푸른 각오라기보다는 부드러우면서도 깊고 큰 울렁임과 같다. 시인은 어머니의 무한 사랑과 부처님의 넉넉한 자비 속에서 편안히 자기를 버리고 떠난다. 「혜초일기 2」는 시인이 떠나면서 떠올리는 어머니의 말씀을 다음과 같이 노래한다.

애야, 잊지 말아라
너는 내 모든 것이라는 걸
내가 너를 사랑하는 것이
그저 사랑하는 것이 아니라
무한 사랑의 존재라는 걸
어느 곳에 있든 어느 길 위에 있든
네가 바로 나라는 걸
잊지 말아라
애야, 네가 바로 부처라는 걸

무한 사랑 속에서 시인은 어머니의 전부이므로 곧 시인은 어머니가 된다. 그리고 그러한 사랑은 부처님의 사랑이므로 곧 시인은 부처가 된다. 무한 사랑 속에서 자기를 버림으로써 어머니가 되고 부처가 되는 마음을 안고 시인은 순례의 길을 떠나는 것이다. 이때 시인은 "존재의 가장 깊은 곳에서 영혼의 은빛 꼭대기를 향해 뱃속을 가르고 가슴을 찢으며 솟구치는 전율"을 자신도 모르게 느낀다. 여기에는 출발의 진정성과 강한 에너지와 집중력이 담겨 있다. 그리하여 그 전율은 그 어떤 견고한 각오보다도 순례자의 발걸음에 지치지 않는 힘이 되어 줄 것이다. 무한 사랑을 느끼고 존재의 전율을 체험한 시인에게 순례의 첫걸음은 너무나 가벼워 시련과 고통조차 기쁨이 된다. 가볍고 편안하면서도 크고 넉넉한 발심은 「혜초일기 5」에서 다음과 같이 나타난다.

> 언젠가는 빗속에 홀로 있을 줄 압니다
> 벼락이 치는데 지붕도 없이 벌판에서 밤을 새고
> 넘치는 물에 휩쓸려 가뭇없이 사라질 것을
> 저보다 제 육신이 먼저 압니다
> 신이여 비를 뿌리려거든 비를 뿌리소서
> 제 발길의 허무를 알고 가는 자에게는
> 먹구름이 반가운 도반, 장대비는 그 기쁨입니다
> 제 귀를 울어주는 뇌성이야말로 경전입니다
> 대륙에 닿는 첫발이 어린아이의 걸음마 같은 이때
> 신이여 비를 뿌리려거든 지금 뿌리소서

사랑 속에서 자기를 버리고 떠나는 자에게 두려움은 없다. 억지스런 각오가 없어도 존재는 제가 가야 할 길을 스스로 알고 있다. 이런 발심으로 길을 떠난 자는 아주 멀리 갈 수 있을 것 같다. 그리고 순례자의 가벼운 발걸음은 눈과 귀를 밝게 열어 세상의 숨은 모습과 소리를 만나게 한다. 「혜초일기 58」은 "내가 중인 것도 잊어버리고/ 다 잊어버리고/ 세상을 걷네 가벼운 혼백/ 천공을 향해 이마에서 열리는 눈/ 쏟아지는 빛 속

으로 걸어 들어가네/ 대지와 하나가 되어서/ 내 귀가 비상하네
/ 하늘 가르네"라고 순례의 기쁜 순간을 노래한다. 터럭 하나
의 차이가 점차 벌어져 하늘과 땅의 차이가 난다고 하면, 지극
한 발심의 끝 간 데가 어딜지 짐작이 된다.

지극한 발심은 법의 빛 앞에 눈과 귀를 밝게 열어주고, 그렇
게 밝게 열린 눈과 귀로 만나는 세상은 그대로 부처님의 가르
침이 된다. 「혜초일기 7」은 사람의 손을 빌어 더러운 것도 깨
끗한 것도 없음을 노래한다. 사람들은 손으로 온갖 일을 한다.
책장을 넘기기도 하고 그리운 이를 만지기도 하고 또 음식을
집어 먹기도 하고 홍문을 닦기도 한다. 입의 즐거움과 홍문의
즐거움은 한 몸의 일이니 손의 일에 깨끗함과 더러움이 따로
있지 않다. 그래서 시인은 "그 손톱에 낀 때가 웃는 초승달이
다"라고 미소 짓는다. 그런가 하면 「혜초일기 16」에서는 사람
사는 세상의 일이 다 똑같다는 사실을 새삼 깨닫고 세상의 아
수라를 잔칫집 같다고 편안히 수용한다.

강가에서
사람들은 세수를 하고 목을 축이고 빨래를 한다
시신을 태우고 혼례를 올리고 기도를 한다
아이들은 뛰고 개들이 어슬렁거리고 까마귀들은
버려진 주검으로 배를 채운다 잔칫집 같다
죽은 자와 여자는 꽃을 두르고 산 자와 남자는
꽃값을 치르지 삶이 죽음을 메고
죽음이 삶을 업고 있는

커다랗고 따스한 어머니 뱃속에서
사람들이 지치지도 않고 매일매일 똑같은
놀이를 한다 다른 세상으로 건너가기도 전에
윤회한다

먹고 마시고 울고 웃고 싸우고 살고 죽고 사랑하면서 안달
복달하는 것이 사람 사는 세상의 모습이다. 이 시는 그 모습을
짧지만 인상적으로 그린다. 그러나 여기서 보다 주목되는 것
은 똑같이 반복되는 세상의 아수라를 바라보는 시인의 마음이
다. 시인에게 세상은 "커다랗고 따스한 어머니 뱃속"이고 그
래서 세상의 아수라는 잔치요 놀이가 된다. 삶은, 온갖 것들을
받아들이되 한결같이 넉넉하게 흐르는 갠지스강과 같은 것으
로 인식되는 것이다.

이외에도 「혜초일기 17」은 세상 사람들이 소중하게 여기는
사리를 두고 "생전에 온갖 허전한 마음의 화신"이요 "우그러
든 구슬"일 뿐이라고 노래하고, 「혜초일기 22」는 길을 버리고
"길 위에서 내려오는 것은 참으로 길 위에 서는 것"이라고 노
래한다. 「혜초일기 66」은 버려진 밥을 먹고 있는 거지 아이보
다 먹을 것과 못 먹을 것을 가리는 자신이 더 비루함을 노래하
며, 「혜초일기 77」은 "고단한 길에서는 할 말도 하고 싶은 말
도/ 없어지지 저절로 우러난/침묵이 우리를 견디게 해주지"라
고 "가다 보면 말을 잃게 되는 그런 때"가 있음을 알려준다.

크고 작은 깨달음을 노래한 시편들 가운데서, 「혜초일기
59」는 특히 흥미롭다. 이 시는 『금강경』의 근본 가르침인 공을
인식하는 시적 사유의 간명한 힘을 보여준다. 천축은 최초로

숫자 0을 사용한 지역의 하나이다. 그리고 아라비아 숫자는 인도의 숫자에 기원을 두고 있다고 알려져 있다. 6세기초 인도의 원전에서는 0을 슈냐(schunya) 즉 공이라고 지칭한다. 이와 같이 시인의 상상력 속에서도 0의 발견은 곧 공의 깨달음으로 이어진다.

> 비었다, 없다는 말을 셈을 세는 데 쓴다!
> 나는 놀라서 입을 크게 벌렸는데 그 모양이 둥글어서
> 이 원형의 숫자가 표상하는 진리의 간단함에 웃음이 났다
> 모든 존재는 0이다 가득 차 있지만 동시에 텅 비어 있으며
> 처음과 끝이 똑같이 없음이므로
> 없음도 있음도 아닐 수밖에 없는,

눈 코 입과 같은 생명의 숨구멍도 0이고, 진리도 0이고, 모든 존재도 0이다. 이 단순한 사유는 공이라는 큰 가르침을 마치 돈오처럼 순간적으로 관통한다. 0에서 단숨에 공의 의미로 들어가는 이러한 사유는, 철학적이고 사변적인 사유와는 다른 시적 사유만의 독특한 힘이라 할 수 있다.

세상과 삶의 이치에 대한 『혜초일기』의 시적 사유들은 가벼운 아포리즘들이 범접할 수 없는 진정성에 닿아 있다. 거기에는 칼끝과 같은 긴장감이 감돈다. 이런 점에서 『혜초일기』는 감히 경전에 가까워지려 한다. 독자들은 『혜초일기』에서 지혜의 쇠북소리를 들을 수 있다. 그러나 『혜초일기』는, 앞서 말했듯이 깨달음의 노래라기보다는 번뇌의 노래이다. 시인은 깨우

침의 피안으로 건너가 버린 자가 아니라 삶의 고통과 세상의 수수께끼 앞에서 한없이 흔들리며 일희일비—喜—悲하는 존재이다. 근원에 대한 그리움을 안고 순례의 길을 가되, 길 위의 모든 고통과 기쁨에 휩쓸리고 거기서 근원의 그림자를 보는 자이다. 가령 「혜초일기 61」은 길 위에서 한 사람을 만나 마음에 병을 얻은 사랑의 번뇌를 노래한다.

> 천상의 선인들도
> 때가 되면 옷이 더러워지고
> 몸에선 냄새가 나고
> 머리에 꽂은 꽃은 시들고
> 악기는 낡아 노래도 목이 쉰다는
> 한때뿐인 목숨
> 불어닥친 한순간의 폭풍 속에서
> 가야 할 길을 실날처럼 잡고
> 아비발치,
> 아비발치,
> 오늘 그 상사의 지옥을 독사처럼 물어뜯는
> 저를,
> 스승이여 죽비를 들어 꾸짖기만 하시겠습니까

『금강경』에서는 모든 사물과 현상의 실없음을 여섯 가지 비유로 나타낸다. '금강경육비유' 라 불리는 꿈, 환영, 물거품, 그림자, 이슬, 번개 등이 그것이다. 모든 것이 다 그러하겠지만, 특히 사랑이야말로 꿈이요 환영이요 물거품이요 그림자요 이

슬이며 번개와 같다. 이런 사랑에 빠져서 상사의 지옥을 헤맨다는 것은, 『금강경』의 가르침에서 볼 때는 지극히 어리석은 짓이지만, 시인은 어쩌지 못한다. 삶의 덧없음 속에서 한순간 폭풍처럼 몰아친 상사의 소용돌이 속에서는 스승의 준엄한 가르침도 위안이 되지 못한다. 시인은 구법의 길을 용맹정진해야 하는 수행자이지만, 지금은 상사의 지옥에 빠져 있다. 수행자로서의 시인은 상사의 지옥을 독사처럼 물어뜯으며 '아비발치'를 주문처럼 왼다. 「혜초일기 61」에는 '불퇴전不退轉이란 제목이 붙어 있다. 불퇴전이란 믿음이 두터워 물러서지 않음 또는 수행을 통해 일정한 지위에 도달한 보살이 다시 범부로 돌아가지 않음을 뜻한다. 그러니까 시인은 자기 속의 상사병과 불퇴전의 고전을 치르고 있는 것이다. 여기서 시인은, 사랑이라는 인간적 욕망에 크게 흔들리는 존재이다. 그러면서도 혼신의 힘을 다하여 수행의 길을 벗어나지 않으려고 아비발치를 주문처럼 왼다. 그러나 아비발치라는 주문 속에는 불퇴전의 의지보다 인간적 흔들림이 더 많이 느껴진다. 이 시는 상사라는 인간적 욕망과 고통을 노래한 번뇌의 노래인 것이다.

사랑의 번뇌는 「혜초일기 39」에서 또 다른 무늬와 색깔을 지니고 다음과 같이 노래된다.

> 내가 그대에게 내 외로움을
> 말하지 않은 것은
> 그 외로움의 바닥없는 깊이가 그대를 질식시킬까
> 두려워서였습니다

(중략)

내가 그대에게 내 안의
절망과 어둠과 외골수의 집착하는 피를
그대로 보여주지 않은 것은
그대가 놀라 달아날까 무서웠기 때문입니다

그대는 숲으로 가고
지옥으로부터 나는 깨어나는 중입니다
허전한 텅 빈 마음으로
돌아가는 중입니다

　이 시에서 시인은, 붓다의 출가하기 전의 아내 야소다라가
되어, 사랑하는 남편을 떠나보낸 아내의 애달픈 심정을 노래
한다. 그러니까 천축판 「원왕생가」인 셈이다. 남편은 모든 것
을 버리고 큰 진리를 찾아 떠난 위대한 분이지만, 뒤에 남은 아
내는 외로움과 그리움과 절망 속에 있다. 이 시에서 야소다라
는 허전한 텅 빈 마음을 애절하게 읊조린다. 그 낮은 목소리 속
에는 사랑을 갈구하되 남편의 길에 방해가 되지 않으려는 선
량함과 소심함이 아름다운 선율로 흐른다.
　붓다는 삶과 세상을 고통의 바다라고 했다. 고통은 마음 속
에만 있는 것이 아니라 세상살이의 곳곳에 널려 있다. 「혜초일
기 34」는 백성들의 고달픈 삶을 다음과 같이 노래한다.

　백성은 어디에 살든 땅을 일군다

먹고 사는 일은 백성의 일이다
왕은 어디에 살든 땅을 먹고 산다
왕의 군대 코끼리 구백 마리의
눈 없는 발은
백성이 누군인지 모른다 왕도 백성이 누구인지
모른다 전쟁은 왕의 일인데 왕은
전쟁이 무엇인지 모른다 코끼리 구백 마리가
무엇을 먹고 싸우는지 누구를 짓밟는지
결코 알지 못한다
왕은 코끼리 구백 마리가 없으면 아무 것도 아니다
백성은 코끼리 구백 마리가 없으면 사람이다

『왕오천축국전』의 '중천축국'에 보면, "왕은 구백 마리의
코끼리를 소유하고 있으며 다른 대수령들도 각각 이삼백 마리
씩 가지고 있다. 그 왕은 매번 친히 병마를 거느리고 싸움을 한
다."라는 구절이 나온다. 당시 코끼리는 왕의 권력이었고, 무
기였다. 시인은 코끼리 구백 마리를 먹여 살리는 것이 백성들
의 고혈임을 말한다. 거대한 코끼리 구백 마리를 떠받치고 있
는 가엾은 백성들의 삶이 간명하게 제시된다. 코끼리 구백 마
리가 없으면 왕은 아무것도 아닌 것이 되고 백성은 허리를 펴
고 비로소 사람이 된다는 마지막 구절은, 권력과 백성의 관계
에 대한 뼈아픈 지적이다. 그리고 코끼리 구백 마리는 이 시를
통해서 권력의 억압성에 대한 멋진 상징이 된다. 이와 유사하
게 「혜초일기 97」에서도 『왕오천축국전』 속의 사소한 구절이
멋진 상징적 의미를 얻는다. 『왕오천축국전』의 식니아국 편에

는 "그 나라 왕은 늘 이삼백 명을 대파밀 평원으로 보내 그곳 홍호들이나 사신들의 물건을 겁탈하도록 하였다. 가령 비단을 겁탈해 얻게 되면 창고에 그대로 쌓아두고 못 쓰게 할 뿐, 옷을 지어 입는 법은 알지 못한다"라는 이야기가 나온다. 시인은 이 이야기를 빌어, 썩은 비단으로 어리석은 권력을 풍자한다.

삭니아에서는 곳간에서 비단이 썩고 있다
이웃에서 도적질해온 것이니 썩어도 썩는 줄을 모른다
이렇게 추운 나라에서 얼마 되지도 않는 백성이
눈앞에서 헐벗어 있는데 눈 먼 왕은 또 비단을
노략질해오라고 한다
왕은 썩은 비단
왕은 썩은 비단
걸신 들려
가질수록 가질 수 없는 비단
그의 지옥, 마하발특마

순례의 길은 이처럼 고통과 번뇌와 어리석음이 가득한 길이다. 그러나 고통의 바다는 곧 부처가 태어나는 자궁이다. 진흙에서 연꽃이 피어나듯 고통의 아수라 속에서 만다라가 열린다. 시인은 순례의 길을 떠나며 "먹구름이 반가운 도반, 장대비는 그 기쁨"이라고 말한 바 있다. 「혜초일기 55」에서는, 온갖 험한 길을 걸어 코끼리의 것보다 낙타의 것보다 더 단단하고 두터워진 발바닥을 일러 "불국토가 다져낸 금강공이"라 했다. 또 「혜초일기 27」에서는 붓다가 성불한 곳인 부다가야가 어떤 곳인지 보았더니 "우는 아이와 쥐어박는 어머니와 시끄럽다고 소리치는 아버지와 달래는 할머니와 혀를 차는 할아버지가" "잘 맞추어진 조각보처럼 살고" 있는 곳이라는 이야기가 나온다. 그런가 하면 「혜초일기 81」은 "아이를 열이나 낳았으되 일곱은 굶주림과 돌림병으로 잃고도 허망하지 않고 손발이 갈퀴가 되도록 밭을 일구어 제가 아플 때도 사원에는 전포와 밀을 바친" 가난한 아내를 불전에 시주하는 한 노인의 기도를 들려준다.

> 올해도 이 여인을 바칩니다
> 내가 드릴 수 있는 최고의 시주
> 이 여인의 값으로는 부처를
> 두말 말고 사문들이여
> 온 세상을 다 주어도 바꿀 수 없는 제 아내의
> 값으로는 꼭 부처를 매겨주소서

평생토록 심한 고생만 한 늙은 여인이 곧 부처라는 전언이다. 이처럼 아수라가 부다가야이며, 헐벗은 맨발이 금강공이이며, 평생 고생을 한 비천한 여인이 부처라면, 번뇌의 노래와 깨달음의 노래는 별로 다르지 않다. 다만 번뇌는 108가지가 있지만 깨달음은 하나일 뿐이고, 번뇌가 인간의 길이라면 깨달음은 피안일 따름이다. 용수보살이 지었다는, 폐허가 되어버린 사원을 소재로 한 「혜초일기 60」에서 시인은 "세울 때는 십이문, 돌아갈 때는 단지 일문일 뿐인, 공의 세계"라고 했다. 돌아갈 곳은 단 하나의 문뿐이지만, 그래도 열두 개의 문을 세워 그 속에서 헤매는 것이 인간의 길이다. 석가불의 부탁으로 그의 입멸 후 미륵불이 나타날 때까지 부처가 되지 않고 사바세계에 남아 중생을 육화하는 지장보살과 같이, 또 중생에 대한 연민으로 큰 울음을 울며 제일 늦게 부처가 된 제곡불啼哭佛이라도 되려는 듯이, 시인이 구법 순례의 길에서 번뇌의 노래를 부르는 것은 그것이 인간의 길이요 또한 깨달음의 문 앞에 서는 것이기 때문이다.

시인은 어머니의 무한 사랑 속에서 머나먼 순례의 첫걸음을 내디뎠다. 순례의 길 위에서 그는 온갖 희노애락을 체험하였고 백팔번뇌의 아수라를 보고 들었다. 그리고 순례의 마지막에 이르러 그는 다시 어머니의 품으로 돌아간다. 「혜초일기 99」는, 오랜 순례에 지친 시인이 눈보라치는 마지막 고비에서 자신이 죽지 않고 살아야 하는 이유를 다음과 같이 노래한다.

어머니가 있기 때문에
어머니를 찢고 나오기 때문에
어머니를 먹고 살기 때문에
다 먹고는 버리기 때문에
그 힘으로 죽을 때까지 살기 때문에
모든 생명의 처음이자 끝인
어머니에게로 돌아가기 때문에

『금강경』은 태어남도 죽음도 없으며 모든 것이 공이라고 가르친다. 그러나 살아야만 하며, 그 이유는 어머니가 있기 때문

154

이다. 모든 생명은 어머니를 찢고 태어나며 어머니의 생명을 뺏으며 살아갈 힘을 얻는다. 「혜초일기 3」에서 이미 말했듯이, 시인과 어머니는 하나이므로 시인이 사는 것은 곧 어머니가 사는 것이다. 어머니는 생명이자 근원이기 때문에 순례의 출발도 어머니가 되고 존재의 근원을 찾아 도착한 곳도 어머니가 된다. 이 때 어머니를 일러 자연이나 대지 또는 부처라고 해도 될 듯하다. 모든 순례의 끝은 처음 출발했던 곳으로 되돌아오는 것이다. 마치 풀과 나무가 흙에서 태어나 흙으로 돌아가듯이, 인간도 어머니로부터 생명을 얻어 살다가 보다 큰 어머니인 대지로 돌아간다. 인간의 길이건 순례의 길이건 그 끝은 처음으로 돌아가는 것이고, 그래서 길은 있었지만 또 없었던 것과 똑같다. 이 또한 공의 가르침이라 할 수 있다.

혜초의 『왕오천축국전』에서 순례의 끝은 중국의 서쪽 안서 도호부가 있는 쿠차였다. 그 지역부터는 절과 승려가 많고 대승불교가 흥하였다. 당나라에서는 서역지방에 용흥사나 대원사라는 이름의 절들을 여러 곳에 지어 불교를 보호하였다. 혜초는 그러한 절에 도착하여, 이제 천축국 순례가 끝났다고 생각하고 몸과 마음의 긴장을 풀었을 것이다. 혜초는 인도의 동부 해안에서 순례를 시작했으므로, 지리적으로 본다면 시작한 곳으로 되돌아간 것은 아니다. 그러나 『혜초일기』에서 혜초가 순례를 마친 마음의 장소는 처음과 동일하다. 「혜초일기105」에서, 혜초는 용흥사 대웅전 툇마루에 까마귀처럼 우두커니 앉아서 "아아, 나는 노래를 잊었네/ 끝내 말을 잊었네 잊은 것조차 몰랐네"라고 읊조린다. 오랜 순례길에서 수많은 것들을 보고 듣고 배웠으면, 그것이 번뇌의 노래건 깨달음의 노래건 부를 노래가 많을 것임에도 불구하고 노래도 말도 잊었다고 말한다. 이 말은 「혜초일기 106」에서 "나는 아무 곳에도 가지 않았고/ 아무것도 보지 않았다"는 말로 변주된다. 즉 순례의 끝은 순례를 하지 않았던 것과 같다. 처음과 끝이 같다는 것이다. 이 시에서 순례를 끝낸 혜초는, 아무 곳에도 가지 않았다고 말하며 깊은 잠 속으로 빠져든다.

　　배도 고프지 않은 잠
　　아무런 기억도 생각도 없이 오는
　　잠의
　　충만한 아궁이 속으로
　　해가 진다
　　별이 진다
　　나는 아무 곳에도 가지 않았고
　　아무것도 보지 않았다
　　길 위에서
　　모든 것은 끝났다
　　나는 그 누구도 무엇도 아니다 이 순간,
　　저 들짐승의
　　풀섶의 잠이거나 날짐승의
　　나뭇가지 위의 잠일 뿐

　혜초는 모든 것을 잊어버리고 깊은 잠의 삼매경에 빠진다. 그 잠은 기억도 생각도 없고 또 짐승의 잠과 같이 단순하다. 오랜 순례로 지칠대로 지친 자가 순례를 끝내면서 지친 몸의 회

복을 위해 깊은 잠에 빠진다는 것은 상식적인 일이다. 그러나 이 시에서 잠의 삼매경은, 무념無念 무상無想 무아無我의 깊은 경지를 뜻할 수도 있다. 특히 "나는 그 누구도 무엇도 아니다 이 순간/ 저 들짐승의/ 풀섶의 잠이거나 날짐승의/ 나뭇가지 위의 잠일 뿐"이라는 마지막 구절은, 모든 생각을 끊고, 순례를 했다는 기억과 생각조차 끊고 마치 짐승들의 잠과 같은 깊은 무아의 경지에 몰입하고 있음을 보여주는 것 같다. 그렇다면 혜초는 순례를 끝내고 출발한 곳으로 되돌아왔지만, 그래서 순례를 안 한 것과 다름없이 보이지만, 실제로는 그렇지 않은 것이다. 처음부터 그 자리에 그대로 머물렀던 사람과 한 바퀴 돌고 다시 처음의 자리로 되돌아온 사람이 같을 수는 없다. 당나라 시인 소동파는, 되돌아온 자리가 처음 자리이면서 또 처음 자리와는 전혀 다른 자리임을 다음과 같이 노래했다.

廬山煙雨折江潮　여산의 안개비와 절강의 물결이여
未得千般恨不消　가보지 못할 때는 천가지 한이었네
得到還來無別事　가서 보고 돌아오니 아무 일도 없었네
廬山煙雨折江潮　여산의 안개비와 절강의 물결이여

　너무나 보고 싶던 아름다운 여산과 절강의 경치를 보고 나면 특별한 일이 벌어질 줄 알았는데, 그 경치를 보고 돌아오니 달라진 게 아무것도 없더라는 내용의 시다. 그래서 1행의 여산과 절강은 4행에서 그대로 반복된다. 그러나 달라진 게 없는 것이 아니다. 1행의 여산과 절강은 아직 가보지 못한, 그래서 보고 싶어 한이 되는 그런 여산과 절강이다. 이와 달리 4행의 여산과 절강은 이미 가서 본 여산과 절강이다. 즉 1행의 시인은 여산과 절강의 아름다움이 어떤 것인지 모르지만, 4행의 시인은 여산과 절강의 아름다움이 어떤 것인지 안다. 그래서 "천 가지 한"을 잊고, 여산과 절강에 가보고 싶다는 욕심도 잊고 평안해질 수 있다. 『혜초일기』에서 혜초가 된 시인도 순례를 끝내고 다시 처음의 어머니 품으로 되돌아왔지만, 순례의 처음에도 아무것이 아니었고 순례의 끝에도 역시 아무것도 아니지만, 그가 도착한 자리는 결코 처음 출발했던 자리와 같지 아니하다.

　박진숙의 시집 『혜초일기』는, 혜초의 『왕오천축국전』을 시적 상상의 수레로 삼아 타고 멀고 오래된 서역으로 마음의 순례를 했던 기록이다. 우리는 『혜초일기』에서 세상의 이러저러한 고통과 모순을 만날 수 있고, 크고 작은 불교적 가르침을 얻을 수 있다. 그러나 그것보다 더 중요한 것은, 삶이라는 순례의 길에서 순간 순간 가졌던 마음들의 모습을 생생하게 만날 수 있다는 점이다. 어머니의 사랑을 생각하며 떠나는 마음도 거기에 있고, 길 위에서 내려와 잠시 쉬면서 가졌던 마음도 거기에 있고, 가난한 신발 장수를 만났을 때의 마음도 거기에 있다. 그런가 하면 석가를 키운 어머니가 불교에 귀의할 때의 마음과 석가의 아버지가 돌아가실 때의 마음도 거기에 있다. 구름을 바라보는 어떤 순간의 마음도 있고, 무너져내린 사원에 쓸쓸하게 서 있을 때의 마음도 있다.
　『혜초일기』를 읽으면 그 순간순간의 유일무이한 마음들이 투명하게 전해져 온다. 기쁘거나 괴롭거나 슬프거나 평온한 그 마음들은 어떤 경우에나 맑고 지극하다. 특히 꾸밈으로 내보일 마음의 사치나 겉멋은 없다. 그래서 시적 상황도 단순하고 언어도 직설적이다. 이런 진정한 마음들을 만나는 일은, 삶에 있어서나 문학에 있어서나 깨달음에 있어서나 매우 소중한 일이 된다. 아마도 『혜초일기』는 종교적 주제나 소재를 지닌 많은 시집들 가운데서 하나의 모범이 될 것이다.

박진숙 시인

1957년 서울에서 출생. 수도여자사범대학 졸업.

1981년 《월간문학》으로 등단.

시집 『다른 새들과 같이』 『잠 속에서도 나는 걷는다』 등이 있음.

현재 도서출판 작가정신 대표.

혜초일기

박진숙 시집

•

초판 1쇄 발행일   2004년 10월 9일

•

지은이 · 박진숙

펴낸이 · 김종해

펴낸곳 · 문학세계사

•

주소 · 서울시 마포구 신수동 345-5(121-110)

전화 · 702-1800, 702-7031~3

팩시밀리 · 702-0084

이메일 · mail@msp21.co.kr   www.msp21.co.kr

www.seein.co.kr(계간 시인세계)

출판등록 · 제21-108호(1979.5.16)

•

값 6,000원

ISBN 89-7075-317-6   03810